庫

今日も怒ってしまいました

益田ミリ

文藝春秋

まえがき

怒るのはからだに悪そうだけど、怒りを溜め込んでおくのもからだに悪そうだ。怒らずにこにこ笑いながら暮らせるのが一番いいと思うが、この世の中ではたぶん不可能だ。

わたしは先日、道でオジサンが持ち歩いている傘（思いっきり振っていた）の先が手の甲に当たりとっても痛かった。しかも謝らなかったので、かなりムカついた。ムカついたけど「あやまってください」などと言ったところで良い展開になる可能性は少ないと判断し、ただ手をさすり我慢していた。

怒りといってもいろいろある。

ムカムカする怒り、殴ってやりたいほどの怒り、爆発寸前の怒り。

わたしは時折、あまりにも腹が立ち、布団に入ってからも収拾がつかなくなることがある。

ああ言えばよかった、こう反論すればよかった。

頭の中で怒りがうねりはじめると、天まで届きそうなねじり飴（あめ）のように長くなり、おもたーい気持ちになる。

しかし、それは、まだ楽チンな怒りなのである。

怒りだけの怒りは救われている。

いちばん苦しい怒りは「哀しみ」が入っている怒りだ。

わたしは眠れないほどに怒っている自分自身にいつも質問する。

「その怒りに、哀しみはあんの？」

哀しみが含まれていないなら、そんなにたいした怒りではないのだ。

居酒屋で怒る

居酒屋で注文したチャーハンが見本よりすごく少なかったので文句を言う
ちょっぴり
少なくない？
店員さんのひとこと
中華なべで炒めてるんで
なーるほど
サーッ
って意味わかんねーんだよ!!

目次

今日も怒ってしまいました

今日の言葉

熱血先生というのは、各学校にひとりかふたりいるものである。

なんというか、必ず存在する暑苦しい先生のことである。

わたしの通っていた高校にいた熱血先生は、ズバリ、体育の先生だった。

当時、40歳くらいだっただろうか。若く、教育熱心で、日々、生徒とのふれあいを大切にしている人だった。

廊下ですれ違う時も、

「おはよう！　元気か？」

「なんか困っていることはないか？」

などと、まるで青春ドラマのよう。

にもかかわらず、彼は生徒の間でそれほど信用されていなかった。

なぜか。

言うことが、コロコロと変わっていたからだ。

先生は、いつもわたしたち生徒の人生に役立ちそうなことを教えてくれようとしていたのだが、なんだか、少し、デタラメなのだった。

たとえば、体育の授業前の先生のお言葉。

「ひとつ。今日は言っておきたいことがある。僕が人の家におじゃました時、一番に見るところはどこか。それは本棚です。本棚を見ると、その人たちの生き方が見えてきます」

これを聞いたとき、わたしはとても、いいお話だと思った。「なるほどね」と、感心していたのである。

しかし、それから何日かして、先生は授業の前に言った。

「ひとつ。今日は言っておきたいことがある。僕が人の家におじゃました時、一番に見るところはどこか」

あれ？

この出だし、前と同じじゃない？

まぁ、何クラスも受け持っていることだし、どこで話したのか忘れているのだろう。先生だって人間だもん、仕方ないよね。

そう思って聞いていたところ、先生の次のセリフは、前回と明らかに変わっていた。

「僕が一番に見るところ、それはトイレです。トイレを清潔にしている家庭の人は、規則正しく生きて行くことを知っている人だからです」

ええーっ、この前の一番は「本棚」だったけど？

などと、つっこめるわけもなく、わたしたちは黙って首をかしげていた。

そして数日後。またもや先生は語り出した。

「ひとつ。今日は言っておきたいことがある。僕が人の家におじゃました時、一番に見るところはどこか」

正解は、果たして一体どっちなのだ？

わたしたちは、耳をすまして聞いていた。

「僕が一番に見るところ、それは玄関です」

ええーっ、だから、違うってば！

全然変わってるってば！

しかも、他人の家、ジロジロ見過ぎだっつーの!!

わたしたちは怒るのもバカらしくなり、ついにはちょっぴり笑ってしまった。

するとどうだ。

「人が話しているときに笑うな」

と怒られる始末。

先生、わたしたち、ちっとも悪くなかったと思います。

スゴーイ

わたしの口ぐせは
スゴーイ
「スゴイ」
スゴーイ
つい先日はこんな時に「スゴイ」と言ってしまい
埼玉出身なんだ
スゴーイ
案の定怒られた
バカにしてる?
あ、

18

クリーニング

ふわふわした白い毛の、かわいい犬のぬいぐるみを持っていた。飼っていたモルモットが死んだ時、落ち込んでいたわたしのために、母が買ってくれたものである。

モルモットが死んで、なぜ犬なのか。

つっこみたいところだが、子供だったわたしは疑問を持つこともなく、そのぬいぐるみに、モルモットと同じ「クリン」という名前をつけた。

こうしてクリンは、わたしのお気に入りのぬいぐるみとなったのである。リボンを付けたり、服を着せたり。

心配性だったわたしは、夜、眠っている間に火事になったらどうしよう？　と、しょっちゅう考えていた。そして、万が一の火事に備え、自分の大切な物をカバンに詰め、枕元に置いていたりしたのだが、特に大切だった「クリン」は、布団の中で抱き締めながら眠っていたのである。

そんなだから、買ったときは真っ白だったクリンも、次第にすすけてきた。白というより、灰色である。心なしか、弱っているようにも見える。

そんな不潔なぬいぐるみは、からだに悪いと思ったのか、ある時、母がクリーニングに出してあげると提案してきた。

わたしは断った。クリンと離れたくなかったからだ。

しかし、母は言った。

「きっと新品みたいになるで」

新品？

あの、ふわふわで真っ白なクリンに？

わたしは、そのほうがクリンも嬉しいかなぁと思い、お母さんにクリンを託したのだった。

クリーニング屋さんは、近所の顔なじみのお店だ。クリンはきれいに洗濯され、1週間ほどでうちに帰って来るという。わたしはクリンがいなくて淋しかったが、それもこれも、大好きなクリンのためなのだと耐えていたのである。

そして、1週間後。

クリーニング屋から戻ってきた母の様子がおかしかった。

「お母さん、クリンは？」

「えーっと、あの、あるよ。でも、ほら、クリンって、もうボロボロやったから、それで……」

オロオロしている母の手から袋を受け取り、わたしはびっくりした。

ある意味、クリンはまったく新しい品だった。

もともと取れそうになっていた目が、クリーニング中になくなってしまったのだろう。あわてたクリーニング屋のおばさんは、クリンに別の目を縫い付けてくれていた。黒目だけだったはずのクリンの目は、寝かせると目を閉じるようなリアルバージョンになっていたのだ。

しかも、最初からクリンには口が無かったのに、おばさんは口も取れてしまったと勘（かん）違（ちが）いし、なんと、口を創作して付けてくれていたのである。ニンマリと笑っている口を……。

わたしは、すっかり恐ろしい顔になってしまったクリンのために泣いた。

泣きながらも、

「もうアンタはクリンじゃない」

と心の中でつぶやいていた。

わたしはこれを機に、ぬいぐるみを卒業していったのである。

大阪弁

ちゃうちゃう
ホンマ
たのむわ
そやけどな〜
ホンマ
たまらんわ
大阪弁というだけで
得意になっている
大阪出身者に
東京でよく出会う
笑かしよんな
大阪弁で話すからと
いって
面白いとは限らないのに
方言より
中身だつーの

スペシャルコース

今、エステに通っている。

エステなどというとお金持ちっぽい感じがするが、月に1度、1時間、1万円の、通っているエステの中で1番（1ばっかり）安いコースである。

さて、そのエステでの話である。

わたしはいつものように、顔全体にこってりとパックを塗られ、まどろんでいた。パックは普段15分ほどで終わるのだけど、その日はなぜか30分を過ぎても終了しなかった。

だんだん顔がガビガビになって痛い気もする。

なんか怖い。

どうしたんだろう？

「あのぅー、すいません……」

助けを呼んだら、店員さんがやってきた。

あっ、忘れてた！

彼女の顔には明らかにそう書いてあった。

「顔、ちょっと痛いみたいなんですけど……」

「じゃあ、そろそろパック取りますね」

彼女は平静を装って言った。

もしここで、

「ごめんなさいね、忘れてました」

と彼女が謝っていたとしても、たぶんわたしは少し怒っていたと思う。きれいになりたいと思ってここに来ているのに、「来る前よりも悪くなっていたらどうしよう」という恐怖感を味わわされるなんて、ひどいではないか。

パックをはずしてもらった後、実際、肌はほんのすこーし、ヒリッとしていた。わたしは、それを3割増で痛がり、ちょっと怒ってみせた。腹がたっていたのである。

すると奥から店長が出て来て、「やれやれ」という口調でこう言ったのである。

「じゃ、今日はスペシャルコースをサービスさせていただきます」

まるで、「これで気が済んだでしょっ」というような人をバカにした口調である。

わたしは別に、そういうことを期待していたわけではないのである。ミスをしておいてしゃあしゃあとしている態度が気にくわなかったのだ。

今度から気をつけます。

そういう姿勢を見せてもらわないと、次に来るのも不安ではないか。

などと、自分自身に必死に言い訳していたわたし。

実をいうと、スペシャルコースと聞いた瞬間、嬉しかったのはまぎれもない事実である。まだ見ぬスペシャルコースをチラつかされ、急に静かになってしまったわたし……。

なんだか、すごーくみっともないような。

いつもの安いコースとはどう違うのかしら？

怒っていることを忘れて期待に胸がワクワクしはじめていたのだ。

そして、魅惑のスペシャルコースに身を任せつつ、わたしは心の中で、自分自身に怒っていたのである。

金のないアンタに、やっぱりエステは10年早いってば。

追記　もう通ってません。今は整体です。

いっぱいいっぱい

人多いですね
東京ってかんじ～
ってゆーか
大阪とか名古屋だって
人多いじゃん
東京だからって
わけでも
ないんじゃない
フッ
心の「あそび」が
少なすぎだってば!!
ですよね～

交通事故

もうずいぶん昔のことだけれど、妹が右腕に包帯を巻いて帰宅したことがあった。

交通事故にあったのだ。

仕事の帰り、原付きバイクに乗っていた妹は、乗用車とぶつかりそうになり、とっさに避けたら横転したのだという。結果は、右腕にヒビが入る怪我。

事故は、一時停止を無視してつっこんできた乗用車側に非があった。運転をしていた中年の女性もそれを認め、病院に向う車の中で、

「示談にして欲しい」

妹に頼んだそうである。

まず、ここが問題である。

この「車の中」というのは、救急車ではなく、乗用車の女性の車なのだった。

病院まで連れて行くと言われても、救急車を呼んだほうが良かったのになぁ、相手の車に乗ってしまわないほうがよかったのになぁ。

などと思うが、乗ってしまったのだから仕方がない。

女性は、病院に向う車の中で、自分の身の上を必死で語ったのだと言う。女手ひとつで2人の子供を育てていて、生活も大変とか、そういう話である。

「顔に傷がつかなくて良かった」

命に別状がないとわかると、うちの親は、そろってそう言った。女の子の親というものは、そこでホッとするようだが、

いや、待て、そうじゃないだろう⁉

わたしはひとりイライラする。

子供に怪我をさせたのである。

父や母に今日起こったことを説明し、まずは謝らなければならないのではないか？

しかし、その女性は、家の前まで妹を送った後、とっとと帰っていったのだという。

仕事の休みが三日後なので、改めてその時に謝りに来ますと言い残して。


しかし、三日後、うちにやってきた女性は違う人だった。

正確に言うと同じ人物なのだけれど、「怪我をさせた人」ではなく、「怪我人を助けた人」に変身して登場したのである。

女性の言い分はこうである。

「怪我をしている人を偶然見かけ、わたしが病院に運んであげたんです」

ストーリーはすっかり書きかえられていた。妹を助けた、親切な人になっていたのである。

女性は、お金を一銭も払わずに済む台本を、自分で用意してきたのだ。

「これもご縁ですからねぇ」

そう言って、お見舞いの菓子折りを差し出した女性。

無理に笑おうとして、顔全体が引きつったように歪(ゆが)んでいた。わたしは、それを見てゾッとしたのである。

短気な父は、

「アホか!!」

とマジギレしたが、女性は、そんな父の怒鳴り声などにひるむこともなく、

「他人にアホと言われる筋合いはありません」

と反論。

父は絶句していた。キレる人は、結局、損なのである。

わたしたち一家は、もはや何も言えなかった。

やりきれない気持ちだった。

怪我をした妹までが、

「もういいよ」

とつぶやいた。

結局、妹が勝手に怪我をしたということでこの一件は幕を閉じ、治療費も、バイクの修理費もすべてうちが支払ったのだった。

わたしは今でも、あの女性のことを怒っている。

怖くて、痛い思いをした妹に、彼女は一言も謝らなかったのだ。後で知ったけど、女性は看護師だった。

「お金って、ホンマに怖いなぁ」

女性が帰った後、狭い団地の部屋でこんな感想しか言えぬ益田家の人々。わたしが本当に怒らなきゃいけないのは、わたしを含むこの一家なのかもしれません……。

イメージ

わたしはわりときれい好きで
ララ〜
自炊するのも嫌いじゃないけど
ラララ〜
与えられたイメージに沿ってしまう……
家事とか嫌いでしょ
ハイ部屋もぐちゃぐちゃ
エヘヘ
くー

長電話

仕事の電話は至ってあっさりしているものだ。

仕事の内容。打ち合わせが必要なら日時と場所の連絡。締め切りがいつで、原稿料はいくら。用件オンリーの電話は、シンプルで小気味がいい。

仕事の電話で、話しこんでしまうこともなくはない。

それはそれで楽しいときもある。先週旅行した話とか、最近観た映画のこととか。世間話をして盛り上がれるというのは、なんだか大人っぽくていいものでもある。

しかしである。

ある仕事先の人は違った。

その人は、仕事の電話がとてつもなく長いのである。世間話がまったくないというのに……。

たとえば、その人がウチに入れていた留守番電話はこんな感じだ。

「あ、××会社の××です。いつもお世話になっております。お元気ですか？　えーっと、ちょっとお願いしたいことがありましてお電話したんですがお留守のようなので、えーっと、またお電話させていただきます。えーっと別に急ぎの用件ではないので、改めてこちらからお電話させていただきます。ではまた後で、失礼いたします。あ、念のため携帯電話番号は××－×××です。これからちょっと打ち合わせに入りますので、でられないかもしれません。というわけで、よろしくお願いいたします。失礼いたします」

って長すぎるっつーの!!

これくらいの用は、10秒あれば済みそうである。なのにその人にかかれば1分を軽～く超えてしまう。

そういえば、この人からの電話で、わたしはひと駅歩いたことさえある。

外を歩いていた時、携帯に電話があった。それを受けたら最後、話が終わらない。ちょうど地下鉄に降りる階段付近にいたのだけれど、あんまり電話が長いので、仕方なく外を歩いていたら、なんと、余裕で次の駅に到着してしまった。そして、恐ろしいことに、一駅歩いても、その人は、まだ用件をしゃべっていたのである!

その間、なんと15分。

電話の用件を要約してみると、こうである。

「明日の打ち合わせを、明後日に変更してください」

なんで、これに15分?

わからない。

変更する理由を、そんなにこまかく説明してくれる必要はないような……。

などと言えるわけもなく、わたしは、ただ脱力していたのだった。たぶん、とても親切で、とても丁寧で、とても心配性の人なのだろう。

しかし、先日、その人にこんなことを言われて、わたしはビックリしてしまった。

「益田さんの話って、主語がないですよね」

その人にしてみれば、わたしの電話は、早すぎて物足りないのかもしれません。

やりなおせってば!!

ラップしとこ〜っと
ん？なんか一部がくっついたまんま
も——っ
うわーますます細くなっていく
ビローッ
ムカつく〜!!
ま、ないよりマシか
ちょっとしかラップしてない

同窓会

小学校の同窓会の通知が届いた。

わたしは当時24歳の会社員で、「お盆休みに間に合うように彼氏が欲しい！」と思っていた矢先だった。

まさに、チャンスだ。

出席にマルをして投函した。


さて、同窓会、当日。

チェーン店の居酒屋に、先生と12人の元クラスメートたちが集まった。

嬉しいことに、女子はわたしを含めてたったの3人だけである。単純に計算しても、女1人に対して男3人の割合だ。

ついている、完全についてる。

「わたし、オバサンになったでしょう？」

という先生に、

「全然かわってないですよ〜、きれいですよ〜」

などと、男の子たちが言い、すっかり大人になったなぁと感心する。ステキな出会いがありそうである。

しかし、この読みは甘かった。

わたし以外の女子がすっごい美人に成長していて、9人の男たちは、そのふたりの女子にきっちり割りふられてしまっていたのである。

全員で自己紹介をしたとき、女子3人の中で、わたしにだけされなかった質問がある。別に、こんなところで発表したくもないのだけれど、その質問とは、

「彼氏いるの？」

なぜ、同じようにわたしにも質問しない？

女子全員に聞いたって減るものでもなかろうに。

男子にチヤホヤされている美人ふたりは、気をつかって、わたしや先生にも話題をふってくれるのだが、すぐに男子たちの質問攻めにあい、会話はまったくつづかなかった。わたしは、先生の隣で昔話をするばかりである。

そういえば、ドッジボールで男子がかばっていたのは、かわいい女の子ばかりだった。

こいつら、やっぱあの頃のままだよ！

夜の11時をまわり、そろそろおひらきとなったとき、男子たちは「オレが送る」「いやいや、もう一軒行こうよ」と、ふたりの美女の取り合いである。ひとりくらい「先生、送りますよ」と言う奴はいないのか？

そして、言いたい。

わたしのこと、忘れてはいませんか⁉

あからさまに美人を特別扱いする彼らに、わたしの怒りは噴火寸前である。

結局、車で来ていた2人の男子が、彼女たちを送って行くことになり、先生はバスに乗って帰って行った。

帰るタイミングを失ったわたしと、テンションの下がった残りの男子は、まるで居酒屋の前に立たされている人たちのよう……。

どんよりと沈んだ空気である。

同窓会帰りに告白される予定だったのに、どうしてわたしがこんな目にあわなければならないのだ？

怒りを通りこし、情けないような気になってきた。

でも、待てよ。

よくよく考えてみれば、残った男子も、わたしと同じく恋人をゲットしようと意気込んで来ていたに違いない。

そう思うと、まるで同志のような気分である。

「オレの車で送るわ」

そのうちのひとりが実家の軽トラで来ていたので、全員で荷台に乗せてもらった。荷台の上で、窮屈(きゅうくつ)な体育座りをする自分たちがおかしくて、思わず、みんなで笑いあった。

わたしの新品のワンピースは汚れてしまったけど、すっかり楽しい気持ちになっていた。

美人にうまれていたら、こんな面白い経験もないかもね。

そんなことを思いつつ、軽トラの荷台で風に髪をなびかせていたわたし。交番の前を通り過ぎるときは、全員で荷台に伏せて大笑いした。そして、朝までカラオケをして家に帰ったのだった。

言ってないよ!!

新しいふとんを
買いに行く
ふとん
どれ
どれ
サイズが色々あって
わからないので
店員さんに聞くことに
ダブル
おひとりでしたら
セミダブルで
充分ですよ
ひとりって
いつ言ったっけ!!

使用中

田舎の母を、新宿コマ劇場の「大月みやこショー」に連れて行ったときのことである。平日の昼間にもかかわらず、劇場は大にぎわいだった。

バスガイドさんに引率されて、ぞくぞくとおばさん軍団が到着する。なんともにぎやかな光景である。

それにしても、いつをさかいにして、女の集団は、華やかから、にぎやかになるのだろう？

女子大の最寄り駅に電車が止まり、どどっと女子大生が乗り込んで来たとき、車内の男性たちが、一瞬、ハッとする感じは、その「華やかさ」に圧倒されてのことだろう。おばさんたちが、同じ数だけ乗り込んできても、誰もハッとしないし、華やかとも思わない。それは、単に、にぎやかなのだった。

さて、新宿コマである。

そこのトイレでのできごとである。

ショーが始まる前に、トイレは済ませておいたほうがよい。

考えることは皆同じ。開演前は、女子トイレも満員だった。

ところで、トイレというものは、使用中か、そうでないかをどこで判断するのか。

やはり、色だ、とわたしは思う。

いや、それしかない。鍵がかかっていると、ドアノブの下の部分が赤くなっているし、空いていると青になっている状態。そこを見れば、わかることになっているのだ。

しかし、そこにいたおばさんたちは、赤とか青とか関係なく、とりあえずドアを押してみるという行動に出ていたのである。

押して確かめる。

ドアが開かなかったら使用中。

懲りずに別のドアを押しに行く。

しかも、鍵を閉め忘れているおばさんもいて、突然、ドアを押されて丸見え状態になっていたりしていたのだった……。

ドアを開け閉めして、ドタバタドタバタ。

言っときますけど、ここ、忍者屋敷じゃないっつーの！

開演前の、まるでコント状態、新宿コマの女子トイレ。

これってある意味、ショーのひとつなのかもしれないなぁと思ったのである。

追記　新宿コマも閉館となってしまいました。

ここで一句?

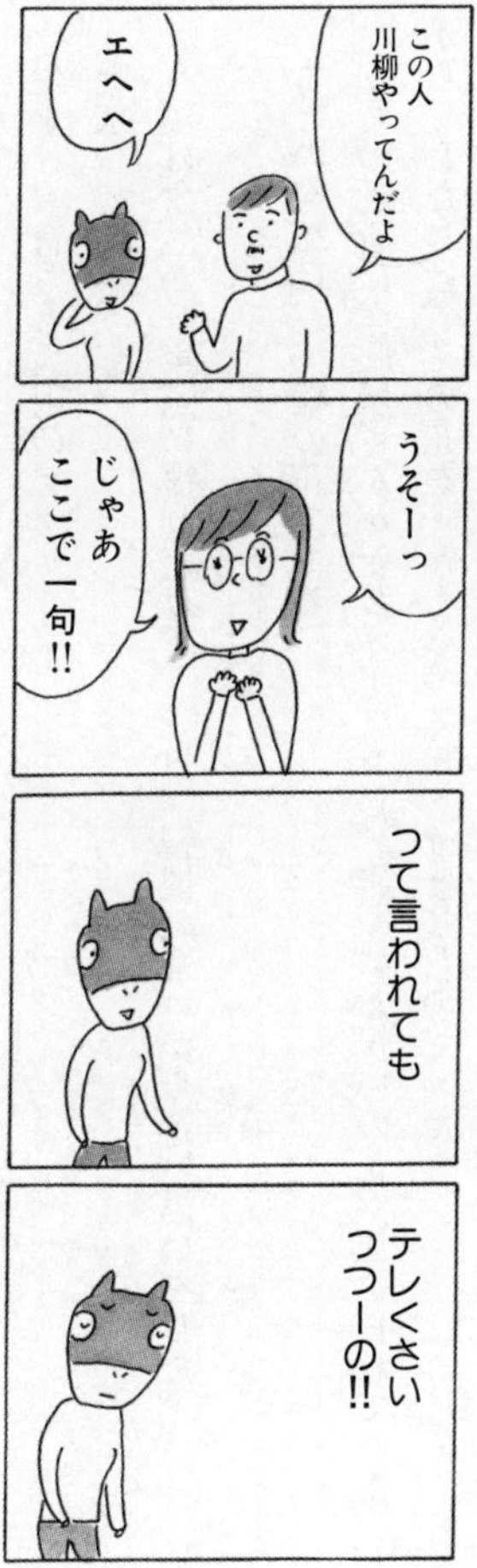

この人
川柳やってんだよ
エヘヘ
うそーっ
じゃあ
ここで一句!!
って言われても
テレくさい
っつーの!!

花泥棒

生まれも育ちも大阪のわたし。

上京して6年。

今ではすっかり東京に慣れたけど、先日、習慣の違いから苦い思いをした。

ことの発端は、一輪の花である。

うちの近所に洋服屋さんが新装オープンし、店頭にお祝いの花が並べられていた。だから、わたしは、この花を一輪もらって帰ろうとしたのだった。

故郷の大阪では、店先のお祝いの花は「勝手にもらって良し」という習慣がある。開店祝の花がすぐになくなると、その店は繁盛すると言われ、反対に、いつまでも花があるような店は流行(はや)らないとも言われている。だから、

「もらって帰ってあげないとかわいそう」

という雰囲気すらあったのである。

実際、おばちゃんたちは、よく店先で花の奪い合いをしたものだった。わたしは、この風習に地域性などないと思っていた。

しかし、東京で同じことをしようとしたら、こんなセリフが飛んで来たのだ。

「この泥棒！」

振り向くと、総菜屋のおじさん。わたしはびっくりして聞き返した。

「えっ、この花ってもらっていいんでしょ？」

「人のもん盗んでいいわけねーだろっ」

あれ？　この人知らないのだろうか。

いや、待て、東京じゃそんな習慣ないのかも？

おじさんは血管を浮かせて、カンカンに怒っている。取りあえず誤解を解かなければ。

「すいません、この花、大阪ではもらってよかったんで……」

わたしは次の展開をこんな風に予想していた。

「えっ、そうなのかい？　悪い悪い、おじさん、知らなかったよ！　ハッハッハッ」

一件落着。

しかし、世の中は、それほど自分の思ったように進みはしない。おじさんの怒りは、収まるどころか倍増していた。わたしがいい逃れしているように映ったようだった。

「バカヤロー!!　東京も大阪も、泥棒に決まってんだろーが！」

怒鳴り声に、道行く人が振り返る。32歳にもなって、商店街のど真ん中で罵倒されてるわたしって……。はずかしさで耳が熱くなる。

人の話も聞かないで、あんまりじゃないか！

わたしは、このおじさんに対して、怒っていた。怒ってもいいと思う。頭ごなしに泥棒だの、バカヤローなどと言われているのである。わたしが、ここで怒るのは正当なことなのだった。

しかし、わたしにはできなかったのである。

おじさんの前で涙ぐんでしまったのだ。

わたしは子供の頃から、悔しいとすぐに涙が出て何も言えなくなってしまう。まったく成長していない自分に、どんどん腹が立ってくる。

たぶん、おじさんは、悪人ではないのである。ただ泥棒を注意せねばという正義感から怒っているのだ。そのおじさんに、「こんな花いるかっ」と吐き捨て立ち去ることしかできなかったわたし。自分の意見を伝え、正しく怒ることもできないなんて、なんと情けないことよ。

後日、その話を大阪の友達にしたら、

「アホ！　そこで泣いたら負けやろ！」

案の定、怒られた。まぁ、当然である。

そう言えば、彼女、こんなことも言ってたっけ。

「開店祝いの花って……、ホンマに持って帰ってええの？」

ひょっとして、そんな習慣どこにもなかったりしてね？

心づかい

アハハハ
ミナちゃんって何歳？
24です
温泉とか行きたいですね〜
ね〜
アハハハ
なんかわたしだけ歳の話題さけられてないか!?

パチンコ

父とふたりでパチンコに行ったときのことである。

わたしは割合パチンコが好きで、帰省すると、同じくパチンコ好きの父と連れ立って、よく打ちに行くのだった。

さて、この夏も大阪でパチンコライフを送ってきた。

平日、昼間のパチンコ屋。父の台がフィーバーしたので、わたしはライバル心を燃やし、出そうな台を求めて別の場所で打ち始めた。

そんなわたしに隣の席のおばちゃんが声をかけてきたのである。

「ネーちゃん、今の惜しかったなぁ」

そう、たった今、わたしは惜しいリーチだったのだ。おばちゃんはそれを見ていたのである。

隣の人がリーチになったとき、じーっと見る人がよくいるのだけれど、わたしはあれが苦手である。ダメだった時、なんだか照れくさいからだ。

なのに、このおばちゃんは、ただ見るだけでなく

「惜しかったなぁ」

などと話しかけてくる。

恥ずかしいってば！

しかし、無視するのも悪いので愛想笑いだけはしておいた。

おばちゃんは、それを「話しかけてもＯＫ」の合図と受け取ったようで、それからはリーチのたびにコメントしてくるようになった。

「あー、ネーちゃん、またアカンかったなぁ」

だから、恥ずかしいってば！

席を移りたいが、よく玉が入る台なので、それも癪にさわる。次第におばちゃんはエスカレートし始め、わたしのリーチ以外の時でも話しかけてくるようになった。

「おばちゃんなぁ。今日いくら負けてるか知ってるか？」

知らんがな。

「2万円。アンタ、2万円やでぇ」

だから、知らんがな。

「でもこの台、もうちょっとで出そうな気ぃすんねん」

だから、知らんがな〜！

いい加減、軽くイライラしはじめていたわたしの肩を、今度はおばちゃんがバシバシと叩いた。

「ネーちゃんっ、このリーチはええでっ！」

おばちゃんが言った通り、わたしの台が大当たりになった。

「な、おばちゃん、言うた通りやろ」

おばちゃんは鼻高々である。

そして、その後、わたしは次から次へと連続大当たりを出した。

「ネーちゃん、ほんまついてるわ」

「はー、おばちゃん、もうじき3万負けやで。アハハハハ」

「ネーちゃん、またフィーバーやん、よかったなぁ……」

わたしの席の後ろに玉の入った箱が積まれるたびに、おばちゃんの声にハリがなくなっている。

気ぃつかうっちゅーねん！

ようやくわたしのフィーバータイムも終わり、ちょうど父も帰る様子だったので、わたしも一緒に帰ろうとした。

「ネーちゃん、もう帰るんか？　おつかれさんやったな」

おばちゃんは、自分が負けているにもかかわらず、ねぎらいの言葉までかけてくれた。

おばちゃん……。

ちょっぴりじーんとする。

「おばちゃんも、がんばってな」

ついにわたしまで、おばちゃんのペースに乗せられ、こんなことを言っていたのであった。

得意料理

得意料理って特にないんですよね〜
冷蔵庫にある残り物でパパッと作っちゃうんで
うふっ
などと平気でいうのはたぶん女友達が少ないタイプ
でも男ウケするんだよね〜
フッ

考え過ぎ

雑誌でインタビューをしてもらえる機会があり、後日、送られてきた記事を見て、わたしは、がく然としたのだった。

誌面で笑っているわたしの写真。

髪の毛がボッサボサなのである……。

思い起こせば、写真を撮る時に、

「髪、ちょっと乱れてますよ」

と、編集部の人が教えてくれていたのである。それなのに、わたしは「平気、平気」と笑い飛ばして撮影してもらったのだ。

どうして、鏡を見て直さなかったのか。

考え過ぎなのである。

「今、鏡を見て髪の毛を直したら、ナルシストって思われない?」

「その程度の顔で、髪の毛がどうなろうと関係ないじゃんって思われない?」

そんな声がどこからか聞こえてきて、ボサボサになっているであろう自分の髪の毛が直せない。

雑誌に載って、人に見られる写真だというのに!

考え過ぎと言えば、こんなことも。

肩凝り(かたこ)がひどいわたしは、よく近所のマッサージに行くのだが、そこには、男性ばかり数人の先生がいる。

マッサージというのは、合う先生、合わない先生がいるもので、わたしにも、1人だけ苦手な先生がいるのだった。その人にマッサージをしてもらうと、どうも次の日、調子が悪くなるのだ。上手、下手ではなく、ただ、わたしには合わないのだと思う。

その先生に当ると嫌だなぁ。

そう思いながら、わたしは、いつもマッサージに行っている。

当らないようにする簡単な方法もある。誰か別の先生を指名すればいいのだ。

そのマッサージ屋さんでは、無料で先生の指名ができるので、苦手な先生じゃない先生を指名すれば、問題はすべて簡単に解決するのだった。

だけど、わたしはいつも受付で、

「どの先生でもいいです」

と言ってしまう。

指名をするのが怖いのだった。

指名して、好意をもたれていると思われたらどうしよう?

しつこく誘われたりしたらどうしよう?

向こうが本気になっちゃって、ストーカーとかになったらどうしよう？

考えすぎた結果、ついつい「どの先生でもいいです」と言ってしまう面倒くさいわたし。

じゃあ、反対に、毎回、苦手な先生以外の先生を順番に指名してはどうか。

いや、それも危険だ。

「オレだけは指名しないのかよ」

などと、逆恨みされるかもしれない……。

考え過ぎというより、自意識過剰なんだよ、わたし！

そんな自分に怒りつつ、ますます肩が凝りそうな日々なのである。

新発売?

おいしくなって
新発売
ラーメン
テレビ
「おいしくなって新発売」か〜
つーことはそれまではまずかったのか?
って思ったことのある人すっごいいるだろうな〜
フッ

漢字知らず

「遊」という漢字がある。

実をいうと、わたしは、この字を3回に1回くらい書き間違える。しんにょうの上に乗っかっているふたつの文字。これの左右が、イマイチ覚えきれないのである。

などと、人に言うと冗談だと思われるのだけど、これは本当の話なのである。

もちろん、他にも、わけがわかっていない漢字はてんこ盛りだ。

たとえば、「減」とか「域」とか「機」などもわたしの中では混ぜこぜになっている。中央部分にある短い棒線が、四角の上なのか下なのか。果たして棒線と四角がいるタイプなのか。いくら考えても覚えてないから思い出せない。

また、似たようなのに「卵」「柳」「爪」などもある。「祭」「際」「察」なんかも、いまだに区別がよくわからない。もっと言うなら……と書いているときりがないのでやめておくが、とにかく、わたしは漢字が苦手である。

ルポの仕事で、たまにインタビューをすることがある。インタビューされるのに慣れていない人は、たいてい、わたしの手元ばかり見る。

「正確に書いてんのか？　コイツ」

という不安からか、先方は、わたしが手帳に何を書き込むかをじーっと見つめているのだ。

そういうことをされると、わたしは、ひらがなばかりの自分の手帳を見られる恥ずかしさで、もはやインタビューどころではない。

もっと、別の場所を見て下さいヨ！

などと腹がたってくるのだった（おいおい）。そして、ノートの字を見られるのに耐えきれず、習字のつづけ字みたいにサラサラーっと書いて、相手を惑わせてみるのだけれど、後で、自分ですら読めない字になっていて、ものすごく困るのである。

だから、わたしは、インタビューを受ける側の時は、気を使って相手の手元は見ないよう心掛けている。わたしと同じように、漢字が書けない人だと悪いと思って……(いるかよ!)。


こんなふうに、わたしが漢字に弱いことを嘆いていると、

「漢字が書けなくても、誰の迷惑にもならないんだし、いいじゃない」

と、心優しい人はなぐさめてくれる。


しかしである。

わたしは、過去に、自分の漢字知らずのせいで他人に迷惑をかけたことがあるのだ。

高校3年の春。

うどん屋さんでアルバイトをしていたことがあった。

そこで事件は起こったのだ。

お母さんと、7、8歳の男の子がうどんを食べにきた。わたしは接客係だったので、もちろん注文を取りにいく。

「天ぷらうどんと、カレーうどんをください。カレーは甘口でお願いします」

お母さんは、まだ小さい子供のために甘口カレーを注文した。にもかかわらず、その子供の前に出されたカレーは辛口だった。

わたしは、「甘」と「辛」という漢字が、こんがらがっていて、伝票に、「辛口」と書き込んでいたのである！

子供は「からい、からい」と水を飲みまくっていた。

かわいそうだろうが!!

わたしは自分の間違いに気づいていたのだが、意地悪な店長に叱られるのが恐ろしく、知らんぷりを決め込んでいたのである。

甘口を注文して、辛口を食べさせられていたあの男の子。

それもこれも、漢字知らずのわたしのせいなのである。

あったのに!!

これ よかったら 持って帰って 食べて～
ありがとう～
またね～
ごちそうさま～
ハッ
スーパー
こうゆう時のために オシャレな紙袋 取っておいたの 忘れてた!!
あ～ん

無欠席

わたしは何かをやり遂げたことがないんじゃないかと思う。

いつもどこか逃げ腰で、嫌になったら「がんばる」より「リタイア」するタイプ。

過去を振り返ってみれば、まず、そろばんは4級という中途半端さでリタイア。4年も続けた剣道は、初段の試験に3回落ち挫折。ピアノは宿題が嫌で2ヵ月で行かなくなる。中学で入ったバスケットボール部も、レギュラーになれず、なんだか嫌になって3年の春に退部……。

わたしは、こういう自分をどこか許せないでいる。

こんなことで、本当にいいのかと思う。

大人になった今も不安だ。いつかまた「やーめた」という声がどこからか聞こえてきて、東京から逃げ出すんじゃないかとドキドキするのだ。

さて、こんなわたしだが、過去に一度だけ、自分が決めたことを実行しようと努力しつづけたことがあるのだ。

高校の入学式の朝。

わたしは、自分に誓った。３年間、絶対に、学校を休まないことを。たとえ、どんなことがあっても、わたしは３年間、学校を休まないのだ。

今から思うと、学校を休まないことがどうだという気もするのだけれど、当時のわたしは、自分に賭けてみたかったのだと思う。

そして、実際、わたしは高熱が出たときも学校に行った。学校まで、自転車で30〜40分。母がとめるのも無視し、ふらふらになりながら通ったこともあった。

もちろん、そんな高熱の日に学校に行ったって、勉強などできるわけもない。保健室で休憩したり、早退したりという無意味なことになるのだが、とりあえず、「学校を休まない」という自分の誓いだけは守っていたのだ。

そして、高校３年の冬。

このままいけば、無欠席を達成できる。そんな卒業まであと少しという時に、わたしは40度近い熱を出してしまった。

さすがに昼前までうなされて眠っていたのだけれど、しかし、午後の授業からは、なんとしても出席せねば。せっかく今までがんばってきたことが、水の泡になってしまう。這うように制服に着替え、歩いたほうが早いくらいのスピードで自転車を漕いで、わたしは学校に向った。そして、なんとか最後の授業に間に合ったのだった。

遅刻して教室に入ってきたわたしに向って、先生は言った。

「なんや、遅刻か。もう6時間目やぞ」

もっともなご意見。わたしもそう思ったのだが、3年間休まないと誓った自分に応えたかったのだ。席に着くと、ハァハァと熱い息をはきながらも、わたしは授業を受けたのだった。

そして翌日。まだ熱は下がっていなかったけれど、わたしは朝から学校に行った。そんなわたしに担任は言った。

「昨日、休んどったけど、どうしてん？」

え、来たよ？

6時間目、ギリギリセーフで。

しかし、出席表では、わたしは欠席になっているようだった。昨日の6時間目の先生が、遅刻してきたわたしを欠席のままにしてしまっていたのだ。

これはイカン！

慌ててその先生のところに行って訂正してもらうことにした。

しかし先生は、わたしが昨日来たことを認めてはくれないのだった。

「遅刻したと後で報告がなかった」

これが先生の言い分だった。

遅刻した場合、授業の最後に「欠席」を修正してもらうことになっているのだ。わたしはそれを忘れていたのだ。先生は、今さら修正はできないという。

でも、わたしは、昨日、40度近い熱を出しながらも「出席」したのだ。遅刻して来たわたしに、先生は言ったじゃないか。「なんや、遅刻か。もう6時間目やぞ」って。わたしが、昨日学校に来たことは覚えているはずじゃないか。だけど、授業の最後に改めて遅刻の報告に行かなかったわたしは、欠席なのだった。いくらお願いしても、まったく聞いてはもらえなかった。

「今度から気をつけろ」

先生は言うが、もう、今度はないのだ。その一回で、わたしが高校生活で唯一、頑張ってきた無欠席に傷が付くんだよ。

先生、教育ってそんなもんじゃない！

はじめて頑張っていたのにあんまりだよ！

怒りにふるえていた18歳のわたし。

その18歳の「わたし」に、わたしは今なら言える。

アンタ、そんなこと言える立場じゃないってば……。

なぜなら、わたしは高校2年の夏、同級生たちと居酒屋に行ったことがバレて、停学になったことがあるからだ。

すでに学校休んでるっつーの！

しかも10日間も……。

「自分の意志で休むのと、学校から休めと言われる停学とは違うもん」

当時のわたしは、あくまでも自分をあまやかしたまま、怒って卒業していったのであった。

カップラーメン

ラーメンでも
食べよ
ビリ
ビリ
ビミョーにお湯が
足りない気がする
うーん
えーい
運だめしだ
ON
やっぱり足りない!!
わかってたけど
ムカつく〜〜
くーっ
ガボッ
ガボッ

部屋探し

不動産屋さんを回って部屋を探しているのだが、

「あ〜、フリーのイラストレーターですか……」

などと、職業を言った時点で部屋を見せてくれないことがある。
そういえば、現在住んでいる部屋を決める時も、すごく苦労したものだった。
でも、あの時は、まだ「保証人」という強い味方がいたからマシだったのだ。
しかし、今は、なんとか部屋を見せてもらえたとしても、

「あ〜、保証人のお父さん、無職ですか……」

契約時に嫌がられる。

父は最近定年を迎えたのだ。無職と言っても、立派に定年を迎えた上での無職である。そこんところはヨロシクと言いたい。言いたいが、世の中って会社員じゃない人には冷たいものなのだ。

「あなたの条件ではこれくらいですかね～」

パッとしない物件を見せられて帰るのが関の山である。

ここでいう「あなたの条件」とは、「わたしが希望する条件」という意味ではない。本人フリーで、保証人が無職。「わたしの状態」という意味である。

ちなみに、わたしの条件など謙虚なほうだと思う。希望の家賃と間取り以外は、駅から遠くても良し。多少、騒がしくても良し。買い物に不便でも良し。オシャレなマンションなんて望みもしない。ストライクゾーン広めである。

ただ、唯一外せない希望は、頑丈さである。阪神大震災を経験したわたしは、地震に過敏(かびん)になっている。

だけど、先日、見に行った部屋はひどかった。

「ここの大家さん、フリーの方でもいいと言っていますよ。それに部屋が頑丈なのは保証します！」

不動産屋さんの人に連れられて見に行ったアパートは、入り口のレンガがくずれ落ちていた。壁には枝毛のような亀裂。どう見たって、わたしの希望している鉄筋コンクリートの建物ではない。おまけに、黒猫がこちらを見てニャーと言ったのである！　ま、黒猫はどうでもいいけど、ぜんぜん頑丈そうじゃないじゃないか。しかも、希望している間取りとも違っていたし。

行く先々の不動産屋さんで似たような扱いを受けたわたし。小さな部屋を借りるだけなのに、なんで、こんな嫌な思いをしなくちゃいけないんだろう。

わたし、なんか悪いことしたわけ!?

反抗的な気持ちになってくる。

怒っていたら、友達のイラストレーターがこう言った。

「不動産屋さんに、去年の収入がわかる確定申告の控えを見せれば、うーんと対応いいよ」

あ〜、なるほど。「ちゃんと稼いでますよ」とアピールすればいいのか！

などと膝を打っている場合じゃない。その友達は、わたしよりうーんと収入があるから、対応もうーんと良かったのではないか。

結局は、不動産屋に腹を立てるより、まずはしっかり仕事しろってことである。

がんばれ、アタシ……。

演出

仕事しようと
机にむかうが
本当はあるものが
気になって
集中できない
それは おしゃれを
演出してみた
キャンドルのせい
フランスっぽくしようと
買ってみたが
火事が心配で
楽しめないっつーの!!
ふ

１００円玉

クレープ屋さんでの出来事である。

夕飯の買い物帰りに、わたしは、いつものクレープ屋さんに立ち寄ったのだった。熱熱のクレープを食べながら帰るのは、わたしの楽しみのひとつである。

わたしのすぐ前に、おばさんがひとり並んでいた。ちょうど会計をしているところだった。店員さんにおつりを渡され、財布に小銭を入れようとしたその瞬間、おばさんは１００円玉を地面に落としてしまったのである。

１００円玉は、ころころと転がっていった。

そして、すのこ状になっている床の継ぎ目に入り込んでしまい取れなくなったのである。

おばさんは手をのばしてなんとか１００円玉をとろうとするのだけれど、全然、届かない。しばらくがんばっていたが、無理だと思ったらしく、高校生らしきバイトの女の子2人に、お金がとれなくなったことを訴えていた。

クレープ屋さんには、社員が不在のようで、バイトの彼女たちはどうしていいのかわからない様子である。

わたしだったら、ひとまずレジから100円玉を渡して、店が終わった後に社員に報告すると思う。しかし、相手は社会経験の少ない女子高生。おばさんに「あきらめてください」というようなことを言っていた。

100円玉をなんだと思ってんの。

100円玉だって、大事なお金なんだよ！

他人ごとながら腹がたってきたわたし。

目の前で落としたお金をあきらめろというのは、なんとも納得のいかない話である。

おばさん、きっと文句を言うだろうなぁ。

と思って見ていたところ、なんと、おばさんは何も言わず、地面に這いつくばったのだった。

どうやら意地でも100円玉を拾う気である。

おばさんは、100円玉をあきらめろと言われたことに、無言で怒っていた。

バイトの女子高生たちに文句を言わない代わりに、決して100円玉を諦めないことを態度で示す気なのだ。

おばさん、カッコいいよ！

地面に膝をついているので、おばさんのスカートは砂がついて汚れている。

よーし、わたしも参加するぞ。

「手伝います」

ジーパン姿のわたしのほうが動きやすいはず。

こうしてわたしたちは、人通りの多いクレープ屋の前にもかかわらず、しゃがみこんで100円玉を探しはじめた。

「これ使えそうですよ」

わたしは拾ってきた木の枝をおばさんに差し出した。その木で、隙間をほじってみる。

しかし、夕暮れの薄明かりの中では、いまひとつ100円の位置もわかりづらいのだった。

ふたりで苦戦している様子を見て、バイトの女の子たちも肩身が狭くなってきたのだろう。

「あのぅ、これ、使って下さい」

懐中電灯を持ってきた。そして、わたしたちの手元を照らしてくれたのである。もうひとりの女の子は、柄の長いほうきを持ってきてくれた。

こうして4人が団結したところで、ようやく隠れていた100円玉を発見。無事救出に成功した。

「助かったわ、どうもありがとう。あら、どうしましょう、子供に頼まれてたクレープ冷めちゃったわ」

おばさんは100円玉を財布にしまうと、颯爽（さっそう）と自転車に乗って去って行った。

100円玉を軽んじた女子高生たちを、言葉で怒らずに反省させた女性。なかなか、かっこよかったです。

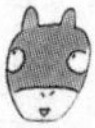

そお？

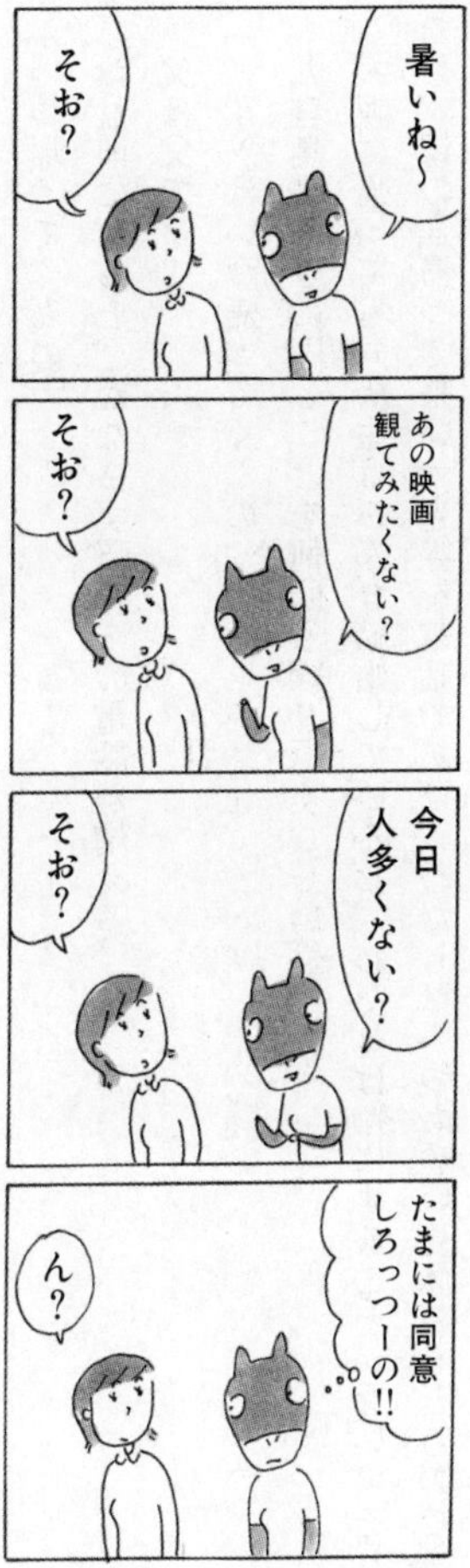

暑いね〜
そお？
あの映画観てみたくない？
そお？
今日人多くない？
そお？
たまには同意しろっつーの!!
ん？

里帰り

「いつ帰ってくんの」

お盆前になると、かならず母からの電話が増える。

父は父で、

「アイツはいつ帰ってくんのや」

九官鳥のように同じことを何回も繰り返すらしい。

大阪に帰っても同級生はみんな結婚しているし、わたしは特にすることがない。それでも、親の「帰って来い」光線を電話であび、わたしはいつも短い夏休みをとるのである。

大阪に帰る朝、「今日から2泊3日でそっち帰るから」と、とりあえず母に電話を入れる。

その日の夕食は、必ず肉料理である。

今年はトンカツだった。母の考えるごちそうは「肉」なのである。

それからメロン。

「メロン買っといたからね」

などと、これ見よがしにテーブルに飾ってある。なんだか、ものすごく貧乏くさいような……。

そして夕食後は、決まって父がわたしをパチンコに誘うのだった。

「大阪限定の台があるかもしれんぞ」

娘の旅の疲れなどおかまいなしである。

翌日だって、わたしに自由な時間はない。ゆっくり昼寝でもしたいなぁと思っていても、

「ちょっとダイエーに服でも見に行こか」

母からの誘いがある。するとすかさず父が、

「それより、ワシとパチンコ行くほうがええやろ」

再び「パチンコ」ネタでしゃしゃり出てくるのだ。

30過ぎの娘を取り合いしてどうすんの！

怒りたいところだが、ふたりの顔をたてるため、昼間は父とパチンコ、夕方からは母と買い物ということで納得してもらう。

もちろん夜は夜で、再び父とパチンコが待ち受けているし、パチンコから戻れば、母のハイキング写真を拝見せねばならない。

こうして1日が終了するころ、わたしは東京で仕事をしている時よりグッタリと疲れているのだった。

「ああ、くたびれた〜」

夜の10時には布団に潜り込む。ようやく一人の時間である。

そう思ったのも束の間、昨夜と同様、焼き鳥屋でバイトしている妹が戻ってきて、わたしの枕元でペチャクチャと話しかけてくる。

だから、寝させてくださいヨ！

やっと向こうに行ったのでウトウトし始めたところ、

「ほら、東京のお姉ちゃんでちゅよ〜」

再び妹が戻って来て、飼い猫をわたしのお腹の上にのっけてくる始末である。

アンタたち、わたしに構いすぎだってば‼

しかし、この面倒くさいような気持ちは、いつも益田家の本棚を見るたびにおさまってしまう。

わたしが連載している雑誌が順番に並べられているその本棚。何回も見ているのだろうか、雑誌はボロボロになっている。

この人たちが、わたしの一番のファンなのだ。

また、東京で頑張ろう。

からだは休まらないけれど、ヤル気だけはアップして東京にもどるわたしなのであった。

礼儀

冗談みたいに礼儀正しい喫茶店がある
雨の中ようこそいらっしゃいました
この前 会計の時にこんなことを言われた
今日は新品の10円玉をご用意しています
無意味なサービスだっつーの!!
と 思いながらもなんかちょっといい気分だったりする
ありがとうございました
どーも

キャッチセールス

「ごめんなさいっ」

渋谷を歩いていたら、突然あやまられてびっくりした。

わたしの真ん前で深々と頭を下げる青年に、一瞬わけがわからなくなった。

しかし、次の一言ですべての謎が解ける。

「ちょっとお時間よろしいですか」

キャッチセールスだ。

「怪しいもんではないんで〜、ちょっとお話ししてもいいですか？」

という、その笑顔は、明らかに怪しい。

そんな卑屈な笑顔をしなくちゃならないなんてねぇ、気の毒にねぇ。冷めた顔で通り過ぎようとするが、彼らもプロである。それがどうしたという感じでつきまとってくるのだった。

昔は「急いでいるんで」とか、「お金ないんで」と言い捨てれば彼らも諦めたが、最近は逃げても逃げても一緒になって走ってくる。

渋谷のど真ん中で若者と走るわたし……。

あきらかに不自然である。

恥ずかしいからやめてってば!!

あと、最近、イラっとするのが、朝っぱらのキャッチセールスの電話だ。

「おはようございます。奥様でいらっしゃいますか?」

こちらはだいたい中年の女性の声が多い。

こういう電話が朝の9時とかにあると、わたしの1日のリズムはくずれてしまう。夜中に仕事をするから、たいてい朝方に眠るわけで、朝の9時といえば真夜中同然なのである。

「仕事の電話かな?」

飛び起きて、できうるかぎり爽やかな元気な声で電話に出てみれば、キャッチおばさんの声だ。

は〜っと、思わず長い溜息がでる。

電話の相手は、わたしのイヤミな溜息など完全に無視して、なにかを売りつけようと必死である。

かんべんしてほしいのだった。

第一、わたしは奥様ではない。自分の生活にいっぱいいっぱいの独身女である。もうほっといてほしい。そーっとしといてほしい。

そして、眠らせてほしいのである！

前までは無言で切っていたのだが、最近はちょっと趣向を変えてみた。

意味不明な一言を放ってから受話器を置くのだ。

「クジラが空を飛びましたっ」

「猫の言葉がわかりますっ」

そしておばさんの、

「は？」

という声と同時に電話を切るのだ。

どうだ、謎だろう？

もやもやするだろう？

わたしは得意な気持ちになって再び布団に入るのだが、これに効果があるかはわからない。

そして不安にもなるのだ。

今は、こういう電話から簡単に逃げることができる。だけど、おばあさんになった時、果たしてわたしは、同じように振り切れるのだろうか。

わたしの祖母は、ひとり暮らしをしていた頃、家に上がりこんで来たキャッチセールスの男ふたりに布団を買わされていた。

その額40万円。

買わなければ帰らない、という怖い態度だったのだという。

「買わされるほうがバカなんじゃないの」

という意見の人もいるだろう。

わたしはそういうことを言う人をバカにする。単純な善悪の判断が出来ないのだから。

家に男たちを入れた年寄りが悪いんじゃない。

家に大金をおいておく年寄りが悪いんじゃない。

断れなかった年寄りが悪いのでもない。

独り暮らしの年寄りを巧みに騙し、脅し、金をとった人が全面的に悪いのだ。

そこんとこヨロシクと言いたいっつーの！

などと怒っているわたしは、明らかに将来の自分をかばっている。

誰だって、そういう目にあう可能性があるのだ。自分だけは大丈夫という根拠は、どこにもないのである。

5cmの怒り

お店でトイレに入り
WC
トイレットペーパーに
手をのばしたところ
ほんのわずかしか
残つてなかつた
5cm
くらい
どうせなら
全部使っとけ
前の人!!
ひら〜

青春

駅前のパン屋さんでバイトすることになった高校時代のわたし。

偶然、同じ高校、同じ学年の女の子がバイトをしていて、わたしたちはすぐに仲良しになった。

その子はとても美人だった。小柄でアイドルのようにかわいかったのだが、男子が聴くようなロックな音楽を好んだりして、そのアンバランスさが彼女の魅力でもあった。

わたしたちは、パン屋さんのバイトだけでは足りず、他にも、掛け持ちでうどん屋さんやレストランでウエイトレスもするようになった。共に、ものすごく働き者の高校生だったのである。

というか、お金がからむと、やたら頑張るタイプだったのだ。

時代はＤＣブランドブームの真っ只中。

バイトで稼いだお金で、わたしたちは、洋服を買った。

手に入れたかったものは、かわいい洋服だけだった。

そのために、アルバイトばかりしていたのである。

そんなふたりだったのだけれど、若者らしく、未来だって夢見ていた。パン屋さんのバイトは、できるだけ同じシフトになれるように工夫し、わたしたちは将来の夢について、しょっちゅう語り合っていた。

彼女の夢は美容師で、わたしの夢は絵を描く仕事をすること。

授業中に、あれこれと手紙を交換しあい、お互いを励ましあったものだった。

卒業後、彼女は東京の美容師学校に行った。わたしは、地元の美術の短大へ。しばらくは年賀状をやり取りしていたけれど、いつしか連絡もとだえていった。

その彼女から、先日、十数年ぶりに電話があったのだった。

「ミリの本を見つけて、びっくりして電話したんよ。がんばってて、ほんま、わたし嬉しい！」

電話を切ったあと、わたしは自分自身に腹が立って仕方がなかった。

彼女からの電話に、瞬間的にこう思ったのだ。

なんか面倒なことを頼まれたらヤダなぁ。

昔、同窓会で鍋（なべ）のカタログ販売を始めた友達のことが、ふと頭をよぎった。

しかし、その電話は、わたしのことを純粋に喜んで、わざわざ電話をくれただけだったのである。

しっかりしろ、わたし!!

心の中で、自分自身を叱った。

わたしは、たくさん仕事をして、お金持ちになってみたいなぁと思う。

そう思うことは全然恥ずかしくないけど、大切に思っていた友達を疑ってしまったことが恥ずかしかった。

彼女は、美容師を経た後、今は2児の母だという。

きっと、いいお母さんなんだろうと思う。

ごめんね、そして、わたし、これからも頑張るからね。

古い友達からの電話で、背筋が伸びた夜だったのである。

だよね?

芸能人

テレビ番組のスタジオ見学に初めて行ったのは、高校1年の冬だった。笑福亭鶴瓶（しょうふくていつるべ）が司会の『突然ガバチョ！』という、当時大人気だった番組である。人気と言っても、収録は大阪だったし、ひょっとしたら関西だけの放送だったのだろうか？

ご存じない方に説明すると、この番組の大きな特徴は、なんといってもスタジオ見学に来ている客が、番組に参加できるというところである。

鶴瓶さんがステージで読み上げる面白い話を聞き、少しでも笑ってしまうと、ゲストだろうが、客だろうが、おかまいなしにその場から退場させられる。そんなコーナーもあった。マッチョな男性に抱えられて連れ去られて行く姿がテレビに大映しにされ、それがものすご～く恥ずかしい。だから、一緒に行く友達2人と、

「絶対、笑わないようにしよう！」

そう誓いあって出かけたほどである。

ところで、その時、ちょうどこんな噂を耳にしたのである。

鶴瓶さんはとってもいい人なので、ファンレターを渡すと必ず返事をくれるらしい。あと、電話番号を書いた紙と10円玉を渡すと、お礼の電話をくれるらしい。

この情報を、よりリアルにしていたのが、

「友達のお兄ちゃん、鶴瓶からお礼の電話きたらしいよ」

という噂である。

友達のお兄ちゃん。

かーなーり近い人物だ。本当かもしれない。お兄ちゃんは、スタジオ見学に行ったとき、鶴瓶さんに、電話番号と10円を手渡したのだそうだ。

一緒に行く友達は言う。

「わたし、住所書いた紙と、お菓子渡すわ」

彼女は、電話ではなく、鶴瓶さんからの返事の手紙が欲しいとのこと。ならば、わたしは、電話番号と10円玉を鶴瓶さんに渡そうではないか。

期待を胸に、やがてスタジオ見学の日は訪れた。わたしたちは、マッチョマンに連れ去られることもなく、無事に楽しく見学を終えた。そして、帰るとき、来場者、全員と握手をしてくれている鶴瓶さんに、「楽しかったです!」と言いつつ、わたしは封筒に入れた10円玉一枚と、自宅の電話番号、それから小さなお菓子を手渡したのであった。

それから2、3日後、バイトから帰ってきたわたしに、母が駆け寄ってきた。

「ちょっと、ちょっと!! アンタ、今日な、鶴瓶さんから電話あったで!」

「ほんまに!?」

「ほんまや。お菓子ありがとうって伝えてくださいやて。ホンマ、鶴瓶さんってええ人やなぁ」

母は芸能人と直接しゃべったことに、かなり興奮していた。いつもは「鶴瓶、鶴瓶」と呼び捨てなのに、急に「さん」付けになっている。

あーあ、わたしも喋（しゃべ）りたかったな〜。

でも、まあ、いいか。鶴瓶さんから電話あったことは事実なのだし、友達にも自慢できるというものだ。ちなみに一緒に行った友達にも、鶴瓶さんからお礼のハガキが届き、学校で見せびらかしていた。

鶴瓶さんは、本当にいい人なのだった。

そしてついさっきのことだ。

田舎の母と電話で話していて、なぜか鶴瓶さんの話になった。

「そういえば、お母さん、昔、電話で鶴瓶さんと喋ったもんな〜」

わたしがこう発言したところ、母は言ったのだ。

「え、そうやったっけ？」

って、完璧(かんぺき)忘れてるっつーの!!

芸能人と電話したことを忘れるなんて……。

わたしは鶴瓶さんに申し訳ない気持ちでいっぱいだったのである。

怒りのカレー

定食
いつもいく定食屋
今日こそは!! と
カレーを注文するが
カレー
ください
ハイ
やっぱり今日も
カレーがぬるい……
ハーッ
もうこんな
運だめしはイヤだ!!
キーーッ

机の下

「朝日新聞のインターネットで、エッセイを書く仕事が始まった」

こう言ったにもかかわらず、実家の両親は、

「いくら探しても、益田ミリの名前が載ってへん」

などと新聞をめくっていたようである。

だーかーら、インターネットって言ってるんだけど⁉

しかも、実家は朝日新聞じゃなかったはずだから、娘の連載がはじまると勘違いした親は、どうも新聞まで変えたようである。妹から、この話を電話で聞いて、わたしはやれやれと思ったのだった。

さて、その妹である。

先日電話があった。

「ちょっと〜、お姉ちゃん聞いてよ‼」

受話器の向こうで、どうやら怒っている様子。

妹の電話の内容はこうである。

妹の彼氏とその家族は、大の焼肉好きなのだそうだ。だから、妹のこともしょっちゅう焼肉屋さんに誘ってくれるらしい。心優しいご一家である。

それは嬉しいらしいのだが、先日、焼肉屋さんでとんでもない現場を見てしまったのだとか。

彼氏とそのご両親、そして我が妹。いつも行く焼肉屋さんで、和気あいあいと鉄板を囲んでいたときのこと。

「レタスも食べるでしょ」

彼のお母さんが、ごく自然に言ったので、妹はてっきり追加注文するのだと思ったらしい。まぁ、そう思うのが普通である。

しかし、注文しなくても、レタスは出て来たという。

お母さんは、家から持って来たレタスを、こっそりテーブルの下に隠していたのである。

「畑から取れたばかりで新鮮やで！」

妹は何が起こっているのか、すぐには理解できなかったそうな。

妹　「もーっ、信じられる⁉」

わたし「コントみたいやなぁ。で、彼氏はどうしてたん？」

妹「無視しとった」
わたし「おとうさんは?」
妹「こっそり食べるのもスリルがあるなぁ、やって」
わたし「すごいね」
妹「超恥ずかしかったわ!!」
わたし「でも、うちのお母さんだって、喫茶店で残った砂糖とか持って帰るやん」
妹「持って帰るんと、持って来るんは違うって!!」

他人事ではなく、妹だから家族事ではあるのだけれど、わたしはこのエピソードを聞いて大笑いしてしまったのだった。

そして、わたしは、我が妹に言いたい。

お母さんがレタスやったら、アンタはトマトくらい持って行きなさい!!

やっぱり大阪のおばちゃんって面白いなぁと思う。わたしは、もう東京で暮らしているわけで、根っからの大阪のおばちゃんにはなれない身の上。だから、わたしは妹がうらやましい。こんな面白い大阪のおばちゃんに、しっかりと修行させていただいているのですから……。

この先、立派な大阪のおばちゃんになれるよう鍛（きた）えてもらいなさいよと、わたしは心の中で思っていたのだった。

アンタ何者？①

オレ芸能人に知り合い多いんだ～
あの子が売れる前はよく遊んだよマジ
アイツがデビューする前も飲んだしさ～
なんか売れてない時代だけじゃないのか？
今遊んでみろっつーの!!

チビのお墓

まだてのひらに乗るほどの子猫。

小さなトラ猫がうちに拾われてきたのは、わたしが14歳、中学2年の時だった。家族の誰が拾ってきたのかは覚えていない。母か妹だと思うが、父ということも考えられる。とにかくその猫はチビと名付けられ、我が家の一員となった。

家に子猫がやって来たとたん、みんな大騒ぎである。それぞれに自分が膝の上で眠らせたいものだから取り合いになるのだ。子猫のくにゃっと軽いカラダと、ほのかな体温。ぎゅーっと目をつむって眠る丸い姿。いくら見ても飽きないほどかわいい。わたしたち家族は、チビにメロメロだった。

それから2ヵ月ほどたったある日、チビの姿が見えなくなった。

当時うちは銭湯通いで、夜、家族4人で銭湯に行って戻ってきたら、チビがいなくなっていたのである。

玄関も窓もすべて締め切られている。

チビが自分で鍵を開けない限り、外には出られないはずである。みんなで家中を探すのだけれど、まったく見当たらないのだった。しかも、家中といったところで、狭い団地の部屋である。探す場所など限られている。

そして、ようやくチビが見つかった。

冷蔵庫と壁の間に挟まって死んでいたのだ。

みんなの留守中に冷蔵庫によじ登って遊んでいたのだろう。そこで足を滑らせて隙間（すきま）に落ち、息ができなくなってしまったのだ。

どんなに苦しい思いをしただろう。

隙間に落ちた後も、しばらくは息をしていたかもしれない。

もっと早く帰っていれば助かっていたんじゃないか。そう思うと、後悔するばかりである。

父は、わたしや妹が泣くのをすごく嫌がるので、わたしは布団にもぐって泣いた。母は台所で泣いていた。

次の日、わたしと妹は、チビをタオルに包んで小さな箱に入れ、堤防まで埋めに行った。真冬の堤防は風も強く、スコップで掘る土も冷たく固かった。

チビを埋めたあと、その上に石を置き、母が持たせてくれた花を飾った。

夕方になると、わたしはもう一度チビのお墓を見たくなり、ひとりで自転車に乗って出掛けた。

そこでわたしが目にした光景は、20年近くたった今でも忘れることができない。

チビのお墓は踏み荒らされ、箱にいれて埋めたはずのチビの片足が、地面から出ていたのだ。

「なんで？　なんで？」

わたしは、自転車を下りて、呆然とその場に立っていた。

誰かが、死んだ子猫の足を面白半分に地面から出して帰ったのだ。複数の足跡から見ると、中学生か高校生が遊びでやったのだろう。

わたしは泣きながらチビのお墓をもとに戻し、こんなことをする奴なんか死ねばいいのにと思った。

できるだけ苦しんで死ねばいいんだ。

怒りでわたしの心はパンパンだった。

憎しみと哀しみが一緒になった怒りには行き場がないということを、わたしはその時、知ったのだ。

あの怒りは時間とともに、もう薄まってしまったけれど、堤防で泣いていた14歳のわたしのことは、今でも可哀相だなと思う。

アンタ何者?②

オレ 編集者の知り合いいるよ
結構顔ひろいんだよねオレって
ま、機会があったら紹介するよ
お前の知り合いなんか願い下げだつつーの!!
ハーッ

短気

外食するのが嫌いだった。

うちの父は、ものすご〜く短気な男だったので気をつかったのである。

父が、わたしと妹を子供向けのアニメ映画に連れて行ってくれたことがあった。その帰りに、3人でレストランに寄ったのだが、わたしたちがメニューを選ぶのに時間がかかり過ぎたことに父は腹を立て、結局なんにも食べずに帰ってきたのである。相手は子供なのだ。目の前にたくさんのおいしそうなメニューサンプルがあれば、迷いもするだろうに！

こんなことも、よくあった。

「どっか食べに行こかぁ」

休日、家で寝転んでいた父が、突然言い出した。

父は短気でワガママではあったが、気前の良い男である。外食するのも好きだった。

だから、よく、

「どっか食べに行こかぁ」

と言うのだけれど、その号令を聞くたびにドキッとしたのである。出掛けるなら身だしなみだって必要である。しかし、母ならびに、わたしたち姉妹が出かける準備でモタモタしようものなら、

「もう行かん!!」

などと、父は怒り出し、外出はすぐに取り止めになったのだ。

モタモタすると言ったって、ほんの10分ほどのことである。

どうして、それが待てないのだ？

謎である。

行くと言ったら、パッと立って、サッと出掛ける。チャッ、チャッと物事が進まないと、父はいつだってゴネてしまうのだ。

さて、こんな益田家で外食をした時のことである。

わたしが小学校4年生くらいの頃だ。

わたしたちは、洋食のレストランに入った。メニューを選ぶのに時間をかけると父の機嫌を損ねかねないので、できるだけ急いで決定するのが我が家のルールである。

素早くメニューを選び、わたしたちは料理が運ばれてくるのを待っていた。

父の料理が一番に来た。

これは、とても良い傾向である。父は、料理が出てくるのが遅いとイライラするので、取りあえず、真っ先に運ばれてきてホッとした。つづいて母と妹の料理もやってきた。

ところがである。

わたしの注文したハンバーグ定食だけが、なかなか来ないのだった。

店は夕飯時で込み合っていた。父が料理を食べ終わっても、わたしのハンバーグ定食はまだ来ない。わたしは、自分が時間のかかるものを注文してしまったことに、後悔していた。

そして、今、ハンバーグ定食がやってきても、ダッシュで食べねばならぬことに泣きたくなった。

「すいません、ここの料理まだ来てないんですけど」

母が店の人に言ってくれた。

「あの、それは時間のかかる料理で、今、作っているところですので……」

店員さんは慌てて厨房に引っ込んだ。

そして、5分後、わたしの席にやってきた料理は、妹が食べ終えかけている「ハンバーグ弁当」というメニューだった……。

ようするに、わたしの「ハンバーグ定食」のオーダーは忘れられており、母に言われて大慌てしたあげく、店側は間違えて「ハンバーグ弁当」を作ってしまったのだ。

時間のかかる料理なんて嘘じゃないか！

忘れてただけじゃないか！

わたしはぷんぷん怒っていた。

そして、この時ばかりは期待していたのだ。父がお店の人に怒りだすことを！

しかし、父は寛容な親父ぶって、わたしにこう言ったのだ。

「ま、人には間違えもあるから」

ってゆーか、もとはと言えばアンタが短気じゃなかったら、こんなに気疲れしなかったんだって!!

子供心を知らぬ父を前に、わたしは、もそもそとハンバーグ弁当を食べたのであった。

アンタ何者？③

キミさ〜
わりといいよ
まあまあ
面白いとこ
あるし
もし売れっこに
なっても　また
仕事してよね〜
売れなくても
お前となんか二度と
仕事するかっつーの!!
ハーッ

プチ金持ち

嫌われている人のパターンのひとつに、お金持ち自慢がある。

お金持ちは、いいなぁと思う。

いいなぁと思うが、自慢される側は楽しいものでもない、ということを、ああいう人たちは、いつになったら学習するのだろう？

だけど、自分の努力でお金持ちになった人の自慢は、割合に我慢できる。がんばったんだもの、そりゃ人にも言いたかろう。

あと、宝くじに当たった人とか。夢を与えてくれるという点では、大いに自慢してほしいくらいである。

そういえば、昔、宝くじで１００万円を当てた男友達がいた。舞い上がった彼は仕事を辞めてしまい、のちに「たった１００万円で血迷った男」と呼ばれつづけることになったのだけれど……。

さて、お金持ち自慢である。

お金持ちはお金持ちでも、お城に住んでるようなお金持ちの自慢なら、むしろ楽しい気がする。聞いてみたい。

しかし、そんなお金持ちと知り合う機会もないわけで、わたしの周辺では、プチ金持ちが関の山である。

そして、プチ金持ちの人々ほど、自慢話が大好きなのだった。

東京のお嬢様学校と呼ばれる高校に通っていたというある女性は、自分の学校を自慢することが大好きである。

有名デザイナーの制服、高額な学費、整った学校の設備。

ああ、お金持ちっぽいなぁと思うのだけれど、どれもこれも、想像のつく範囲。なんというか、「わぁ、すご〜い」と驚きにくいレベルとでも言うのでしょうか……。

その場にいた全員がシラけているのにも気づかないで、彼女の自慢話は延々とつづいていたのであった。

それ聞いて、誰にメリットあるわけ？

腹が立つような、呆れ返るような、そんな気持ちで冷めきった紅茶を飲んでいたのである。

わたしにはわからないのだった。

学校の裕福さを語ることで、自分の家がお金持ちであることを発表する、そのメリットが。

すっかり場がシラけてしまったため、ここは一丁、わたしの貧乏高校ネタでなごませるしかあるまい。

彼女の高校には、カフェテリアのような素敵な学食があったという。そこで飲むホットカフェオレは、本格的な味だったそうな。

あら、うちの高校にだって、ホットコーヒー牛乳があったんですのよ。

自販機で買った紙パックのコーヒー牛乳を、食堂のおばちゃんのところに持っていくのである。

「おばちゃん、ホットにして」

するとオバチャンは、

「はいよっ」

と、すかさず紙パックのコーヒー牛乳を放り込んでくれるのだ。

うどんを茹でる大きな釜(かま)に……。

待つこと3分。

「出来たで〜」

おばちゃんが釜から引き上げてくれた熱々のコーヒー牛乳には、いつもうどんのカスが張り付いていたっけ。

この話をすると、大抵の人には笑っていただける。

ここまで書いてふと思ったのだが、ひょっとして貧乏ネタを持っているわたしって、得しているのかも？

笑えるバカ話は、人との距離を縮めてくれるもの。こうして、わたしはどれだけの人とうちとけてきたことだろう？　笑いのネタが少なそうなお嬢様たちのことが、なんだか気の毒になってきてしまった……。

「別にそういうネタなんて欲しくないって！」

お嬢様のあきれた声が聞こえてきそうでもある。

アンタ何者?④

これからが勝負なんじゃない?
キミはキミなんだし
キミ 自分で思ってるほどダメじゃないと思うよ
お前のほうがダメだつーの!!
ハーッ

テレビ出演

テレビ出演の依頼がきた。この、わたしに?

なんでも、タレントさんが川柳大会をするというので、川柳の「先生」として出演してほしいというのである。

わたしが、先生!?

と、言っても、これからの会議で、「益田ミリ」にするかどうかを判断するらしい。

「プロフィールを至急ファックスしてください」

テレビ制作会社の人に言われ、大慌てでプロフィールを送る。

すると翌日、

「益田さんの川柳もいくつかファックスしてください」

と電話が入った。またもやファックスを送るわたしだが、はて、わたしの川柳、知らないの？　という疑問が湧く。知っているからこそ、わたしに連絡してくれたんじゃ……。

さては、インターネットでちらっとわたしの名前を見かけただけだな。

きっと、他にも誰か当たっている人がいるのだろう。まぁ、それは別にいいのだけれど、本屋さんで、わたしの本くらい見てから連絡してくれればいいのになぁ。ちょっとムッとする。

そして数日後、

「今、どんなところで川柳の連載をしているんですか？」

という電話。

って、この前プロフィール送ったでしょうが⁉

「会議の前に、念のためもう一度聞いておこうと思いまして」

そんなに不安だったら、わたしに頼まなくてもいいんでないの？

そろそろ本気で腹が立ちはじめてくる。

とは言うものの、わたしの本を、テレビで宣伝するチャンスである。ここはガマンすべきか。

それから数日たって、いよいよ「わたしに決定しかけている」という連絡がはいった。

ハ～、なんと長い道のりよ。

そして、残念なことに、出演が決まっても、スポンサーの関係で本の宣伝はできないと言われた。

ええ～、そんな～、最初は、本の紹介もするって言ってたのに。

さらに先方の次のひとことで、わたしはこの話をなかったことにしたのである。

「うち、お金がないんですよね。まぁ、タダとは言いませんが、出演料は1万円ってことでいいですか?」

わたしのことをさんざん偉そうに値踏みしておいて、最後の最後にお金がないという。

なんか、わたし、なめられてないか?

絶対なめられてるってば!!

わたしは金額に対して怒っているわけじゃないのだった。

テレビに出られるだけいいでしょ、という態度である。みんながみんな、テレビでピースしたいわけじゃないんだからね。

などと、怒っていたわたしだったが、何日かして友達にこう言われ、ハッとする。

「ね、テレビ出演っていつなの!?」

そういえば、みんなに発表してたよなぁ。

やっぱり、浮かれてたわたしも悪いのである。

アンタ何者?⑤

キミが売れっこになって金持ちになったらさ〜
なんかイメージじゃないよね
ってゆーかそうならないほうがいいかもね
うーるーさーいー
ズズー

好き嫌い

まだ実家通いの会社員だった頃のこと。

仕事の取り引き先の人に接待され、晩ご飯を食べる機会があった。

「なんか嫌いなものある？」

先方にそう聞かれ、わたしは困ってしまった。

なぜなら、わたしの嫌いなものは、高級なものが多かったから……。たとえば、ウニ、イクラ、フグ……。

しかし、嫌いなのを聞かれて、

「ウニとか〜、イクラとか〜、フグとか〜〜」

などと、誰が答えられようか？

君、自分がそんなもん奢(おご)ってもらえるレベルと思ってたわけ!?

そう思われるに決まっている。

なので、わたしはその時、

「好き嫌いないです」

と元気に答えたわけである。

そして、連れて行かれたのは「牡蠣(かき)料理」の店だった。

ウニでも、イクラでも、フグでもなくて良かったけれど、わたしは何を隠そう、「牡蠣」

のほうがよっぽど苦手だったのだ。

まさか、牡蠣専門店とは……。

そんなピンポイントなお店がこの世に存在するとは思いもしなかったので、高級そうじゃなかったけれど、あえて牡蠣が苦手とは言わなかったのだ。

牡蠣。

グロテスクな色。

どこからどこまでが顔だか体だかわからないスタイル。

絶体絶命のわたし。

なんで、また、牡蠣なのですか!!

言えるわけもなく、わたしは牡蠣料理店ののれんをくぐったのであった。

予想通り、先方は、わたしの皿にありとあらゆる牡蠣料理をのっけてくれた。のっけつづけてくれた。

わたしはその牡蠣料理の数々を、なんと、ほぼ丸飲みで通したのである。

「地獄ってこんなものかもな」

丸飲みを繰り返しながら半泣きだったわたし。思い出してもゾーっとしてしまう。ちなみにウニ、イクラは今では好きなのだが、牡蠣は、丸飲みの呪縛から解放されずにいる。

なぜ、わたしは魚介類の好き嫌いが多いのか。

それが、つい最近になってようやくわかった気がする。

先日、母が東京に遊びにやって来た時のことだ。

たまには東京名物をごちそうしてあげようと、わたしは母に言った。

「お母さん、江戸前寿司とか食べる？」

母は、いらないと言う。

「じゃ、鰻は？」

「いらん、いらん」

「なんか東京で食べたいもんないのん？」

「そやなぁ、グラタンとか、焼きそばかな〜」

って、それ、いっつも食べてるもんやがな〜!!

母は調理師の免許も持っているし、料理上手なほうだ。我が家の食卓でも、わりあい手のこんだ料理が出されていたように思う。

そして、それが落とし穴だったのだ。母はその料理の腕を利用して、自分の嫌いな食材を巧みに避けていたのだ。

母は魚介類が嫌いだったのである。

つい最近まで、そのことに気がつかなかった。わたしは、魚介の料理をすいすいと通り抜けて育っていたのである。

いや、しかし、母の甘い味付けのブリの照焼きは大好きだったなぁ。母は、ブリの照焼きはよく作ってくれていた。

ブリは好きだったのだろうか？

母に聞いたところ、

「ああ、あれ？　味見はしてへんよ」

だとさ。

だから?

オレ
アイツが有名になる前から 才能あるって思ってたし〜
ぜんぜん売れてない頃から 才能見抜いてたってゆーか
うん
だーかーらーっ?
他人の才能を見抜いているオレって才能ある! と自慢してる人って悲しい……
フッ

サンタもいいけど

スイカは川にできるもんだと信じていた。

子供の頃、父の田舎のほうでは、どこの家でもスイカを川で冷やしていたので、わたしはてっきり、そう思いこんでいたのだ。

ふとした時にそのことを母に告げると、「アホなことを言うな」と叱られたのだった。

さて、話はスイカから一気にサンタクロースである。

サンタクロースの存在を信じているのって、いったい何歳くらいまでなんだろう？

わからない。

なぜなら、わたしは物心ついた頃から、サンタクロースを全然信じていなかったからである。

川のスイカは信じていて、サンタクロースは信じない。わたしって、どんな子供だったのだ？

幼稚園で、先生が園児全員に紙で作った大きな靴下を配ってくれた。

「サンタさんが、明日になったら靴下の中にプレゼントを入れといてくれるよ！」

先生が言うと、わーいわーいと、教室のみんなは大喜びである。

しかし、幼稚園からの帰り道、わたしは怒っていた。

明日はクリスマスでもないのに（冬休み前なので12月上旬だった）サンタクロースが来るわけがないじゃないか!!

しかも、もともとサンタクロースなんていないっつーの!!

家に帰って、母に怒りをぶつけた。

「お母さん、サンタクロースなんておらへんやろっ?」

母の答えはこうだった。

「さあ、どうやろねぇ」

スイカを否定するなら、サンタクロースも否定してくださいって‼

次の日、幼稚園に行くとみんな大騒ぎをしていた。

「サンタさんが靴下にキャラメルを入れてくれた!」

グリコのキャラメルが一箱、全員の紙の靴下に入っていたのである。しかも、丁寧に、「男の子用」と「女の子用」にきちんとわけられて。

わたしはみんなに言ってやった。

「それ、先生が入れたんやで～」

ああ、なんと、かわいげのない子供……。

やっぱり、川のスイカより、サンタクロースを信じる子供のほうがいいような気がする。

顔なのに

ニコッ
すいません観光マップいただけますか？
観光案内所
どーぞ
ムスッ
旅先の観光案内所の人が感じ悪いと
観光客を呼ぼうとがんばっている地元の人々が気の毒になる

夢話

人の夢の話を聞くのはつまらないものだ。

付き合いはじめの彼氏のものならまだしも、他人の夢の話など、どう考えたって面白くないのである。

「昨日、夢に白いヘビが現れたんだ」

こういう夢なら、人に話す意味みたいなものもある。

「絶対願いごとが叶(かな)うんだよ」

「違う違う、お金が手に入るんだよ」

人それぞれの迷信に、多少は話も広がるというもの。

最悪なのは、ダラダラとひたすら意味のない夢の話をする人だ。

つい先日も、そういう人がいてかなり疲れた。

終わったかな〜と思ったら、

「でね、でね、ここからがまた面白いんだけど〜」

などと第2部に突入。結局3部構成でオチもなし。

夢の話は20秒くらいにしとけっつーの!!

しかも、わたしに話すってことは、わたしが登場すんのかな〜と思っていたら、まったく出てこなかったのである。

自分の夢を他人は聞きたがっていると思っている人は、自分自身に高得点を付け過ぎだ。

身の丈を知っている人なら、たいして知りもしない相手に、決して夢話などしないはずだとわたしは思う。

これと似たのに「恋愛」の話がある。

これはもう少し微妙で、聞いていて面白い場合も多い。その人のちょっと違う一面を知ることができるし、アドバイスを求められると、単純なわたしは張り切りもする。

わたし「え、そうなの？　それって別れたほうがよくない？」

A子「うん、わたしもそう思う」

わたし「だって二股じゃん」

A子「だよね。相談してよかった、ありがとう」

2時間近くに及ぶ喫茶店トークで、彼女は心の整理をつけ、別れを決心する。

ああ、わたし、今、人の役に立てたかもしれないな。

話を聞く側はかなり疲れるが、こんな時に話を聞いてあげないでどうする。

それに、人の恋愛のほうが冷静になれるし、自分がそれに答えることにより、自分の考え方というか、性質みたいなものを知る手がかりにもなる。

「勉強になったかもな」

謙虚な気持ちになるわたし。
しかしである。これで終わらない場合が多いのだった。
「あれからやっぱり考えたんだけどさ」
その後、再び呼び出されて会ってみると、出だしは違うけれど、よくよく聞いている
と、前回と同じ悩みの相談なのである。
ひょっとして、また2時間つき合わされる？
かんべんしてくださいって！
わたしの意見や考え方はすでに言ったつもり。それで足りないなら他を当たってとわ
たしは言いたい。そもそも、相談などではなく、ただの聞き役なだけである。
同じ恋愛相談を同じ人にしないこと。
夢の話を他人にしないこと。
冷たいようだけど、心からそう思うわたしなのであった。

覚えてない？

ルポの仕事で行った
とても親切な病院
なんでも
ご相談下さい
ニコッ
編集者
いい病院でしたね
わたし 個人的にも
行こうかな〜
しかし 後日 個人的に
健康診断に行くと
ものすごく感じが悪かった
は？
そこに
書いて
あります
けど？
同じ人
受付
つーか わたしの顔
まったく覚えてない
ってどーなの？
半日取材
してた
のに？
どんだけ
インパクトないんや

テレビに出る人

芸能人を街で見かけると得した気分になる。

日頃から話題が少ないわたしは、ここぞとばかりに持ちネタとして利用できるからだ。

「今日さ、銀座で中尾彬（なかおあきら）見たんだ」

先日、わたしがこう切り出したところ、

「すっごーい！　どうだった⁉」

などと友達が嬉しい反応を示してくれた。

ここでシラーっとする人の気持ちもわかる。わたしも「それがどうした」と思うことだろう。だから、余計に「驚く」というアクションで答えてくれた友の思いやりに嬉しくなる。

「うーん、芸能人ってかんじだよ。すぐわかったもん。あっ、やっぱ草木染めみたいなスカーフは巻いてた」

図に乗りまくるわたし。

スカーフのことまで報告するなっつーの!!

冷静になると恥ずかしいけれど、芸能人という人たちは、どこか人の心を惑わす力があるようだ。

今日もそうだった。

わたしは自分のエッセイ本『オンナの妄想（もうそう）人生』の売り込みのために銀座にいた。

「どうやったらこの本、売れますかね」

などと、女性編集者とふたりで歩いていたところ、ＴＢＳのアナウンサー安住（あずみ）さんに遭遇（そうぐう）したのである!

バラエティ番組の収録なのか、安住さんは派手なたすきを肩からかけられていた。カメラマンと数人のスタッフが安住さんを取り囲んでいる。どうやら街行く一般人にインタビューをしている様子だ。

安住さんといえば、今人気の男子アナである。近くで見てもなかなかの男前だ。わたしがボーっと安住さんに見惚(みと)れていると、女性編集者が耳打ちしてきた。

「益田さん、わたしたちもインタビューしてもらいましょう」

「は？」

「インタビューされたら、すかさずこの本を出しましょうよ!!」

そんなうまい具合にいくだろうか？

しかも白々しすぎないか？

「カバンから本とか出したら、逆にヤラセっぽくてボツになるんじゃないですかね」

というわたしの意見を無視し、彼女は安住さんへと接近して行った。

「さ、この辺うろうろしましょう」

スタッフに声でもかけるのかなと思いきや、うろつくだけか？

結局、わたしたちは10分ほど安住さんがインタビューしている近辺をうろつき、そして無視されつづけた。

「あれ〜、全然、声、かけてくれませんよね〜」

編集者は小首をかしげている。

下心が顔に出過ぎだって！

しかも、うろうろしすぎて嫌がられてるっつーの！

「もうちょっとネバりますか？」
という彼女の腕を引っ張り、その場を離れたわたし。

安住さん、さよなら。
本は宣伝してもらえなかったけど、あなたのインタビュー姿は忘れません。
これからも頑張ってくださいね。
っていうか、頑張らなきゃなんないのはわたしのほうなんですけどね……。

ゆずってない

電車に乗っていたら
前に中年女性が
立ち
隣の人が席をゆずった
どうぞ
たっくん
ねむいんでしょ
座らせて
もらいなさい
もう
大きい子
子供は座って
ゲームをしていた
はあ!?

大バカもん

第一勧業銀行

先日、銀行でこう書かなければならない書類があったのだが、窓口のお姉さんに「文字が間違っている」と指摘された。

等一観業銀行

よく見て下さい。

間違いは1ヵ所じゃないですよ。2ヵ所ですよ!

32歳にもなってこんな間違いをしでかしているわたし……。

不安はよぎるものの、今のところ、特に改善する気もなく暮らしている始末である。


自分が大バカな理由はわかっている。

わからないことをそのままにしてしまう性格だからだ。


たとえば、誰かと会話している時にわからないことがあっても、

「それってどういう意味？」

などとあんまり質問しない。適当にあいづちを打ち、ササーっと流してしまう。

わからないことは、わからないまんま。

そりゃ頭も悪くなるというものである。


質問しないのは、やはり、こう言われたくないからである。

「そんなことも知らないの？」

これは、結構、悲しくなることば。

わたしはこういうことを言う人が嫌いだ。

「そんなことも知らないの」は、「知ってるのが当然でしょ」ということ。自分の当然を押し付けてくるなんて失礼じゃないかと思う。

わたしの友達に、結婚して5年目の女性がいる。

「子供が欲しいけど出来ない」

前々から言ってた彼女のセリフが、最近、一層苦しそうに聞こえる。

いろんな人から「お子さんはまだ?」攻撃にあっているようで、彼女は、この質問をされそうだなと感じ取った瞬間、両耳をふさぎたくなるのだという。

子供ができるのが当然。

自分の当然が、人を傷つけていることもわからない。

人の心に土足で上がっちゃだめなの!!

わたしは「第一勧業銀行」も書けないし、高校受験では、POCKET　MONEY（ポケットマネー、おこづかい）をPOCKET　MONKEY（ポケットモンキー、小猿）と訳してしまうような筋金入りの大バカものである。

だけど「お子さんはまだ？」なんて聞かない心は、持っているのである。

わたしに誓う

話はわたしが
振るばかりで
そういえば
最近
笑いでも入れようと
失敗談を話せば
マジメに返され
だったん
ですよ〜
それって
マスダさん
変です
そのくせ 自分は
気のきいたことを言ってる
つもり
自分の話に笑う
ヒャッ ヒャッ ヒャッ
今 ここにいるわたしに
わたしは誓います
この人とは
二度と仕事しない
フッ

夢のためなら

ＯＬを辞め、上京し、かれこれ7年である。

それにしても、よくもまあ、わたしのような新人に、気前よく仕事をくれる人がいるものだと思う。

本当にありがたいことだ。そういう人がいてくれるからこそ、わたしは東京で生きていけるのである。

「今度一緒に仕事をしようよ」

社交辞令だと思ってすっかり忘れていたら、突然電話がかかってきて仕事が実現したりする。そういう時は本当に嬉しい。

そうかと思えば、恩着せがましい人もいる。

「誰のおかげで、この仕事ができたと思ってんの？」

これくらいのこと、平気で言う人がいるのである。

フリーで仕事をすると決めた時に思った。

不安定な生活をする代償として、わたしは嫌な人とは仕事をしないことにしよう。

夢のためならなんでもする？

そんなもん、嫌だっつーの!!

そんなだったら、即刻やめたいと思う。

若いフリーのライターや、イラストレーターの女の子などが、仕事先の人にセクハラまがいのことを言われたりすることがあると聞く。

鼻先に仕事をチラつかせて女を口説く。

なんとカッコ悪いことよ。

わたしはそういう目にあったことはないけれど、話を聞くたびにものすごく悲しくなる。

夢を抱いて都会にやってくる女の子たちが、どうか、そんなのに引っ掛かりませんように。

そう願わずにはいられない。

わたしにも、仕事でこれからの夢みたいなものはあるけど、

「そのためならどんなガマンもする」

なんてのは、ダサいので嫌だ。

未来のために、今の「楽しい」が減るのは、もう、受験でこりごり。

ゆっくり、そして楽しくやっていければいいなと思う。

なーんてことを言ってるから、いつまでたっても出世しないんですけどね……。

犬に?

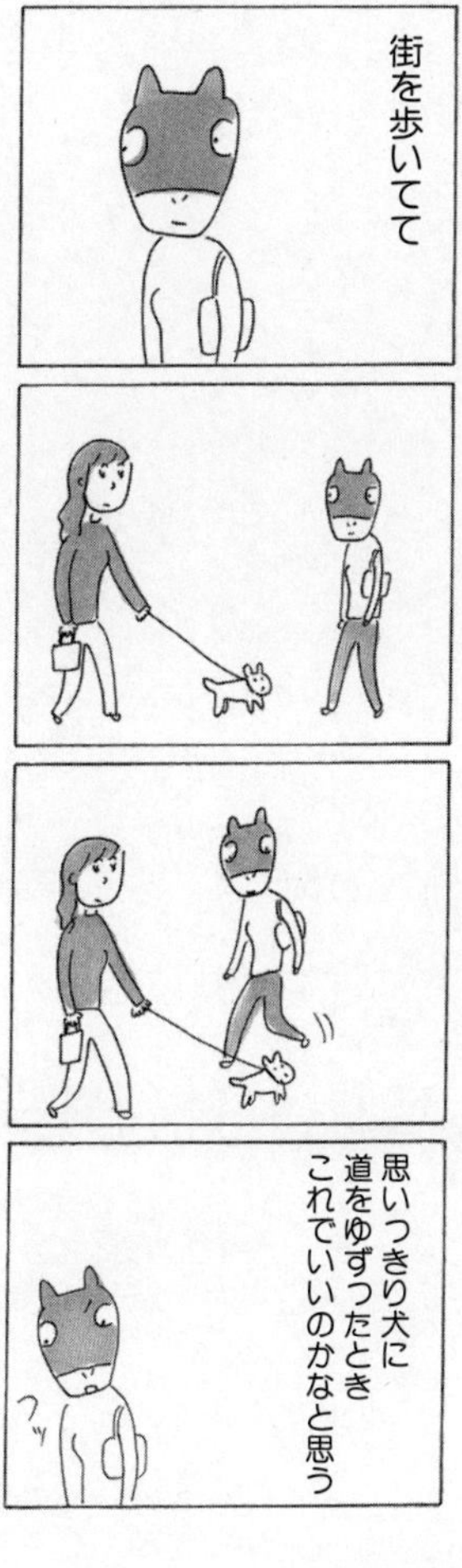

街を歩いてて
思いっきり犬に
道をゆずったとき
これでいいのかなと思う
フッ

あとがき

わたしはあまりお酒が飲めないので、お酒でうさ晴らしをすることができない。だから酔っ払ってクダを巻いている人を見ると本当にうらやましい。一度でいいから「うるせー、バカヤロー」などとビール瓶をひっくり返してみたいものだ。

そんなわたしは、最近、顔用のスチーマーを購入した。エステでやってもらい気持ちが良かったので、安いのを電器屋で買ったのである。マイナスイオンもでるタイプだ。マイナスイオンのことはよく知らないけど、説明書を読む限りいいことずくめである。

風呂あがりのマイナスイオン・スチーマータイム。わたしの至福の時だ。「あー、きもちいいー」。思わず声が出る。酔っ払って言う「うるせー、バカヤロー」にも憧れるが、「あー気持ちいいー」もなかなかである。

きっといろんな方法で人は怒りをしずめ、なんとかやっているのだろう。

２００２年　８月

文庫版あとがき

怒ることなんて、日々、身軽にやってくるもの。

今日だってそう。区の指定病院に健康診断を受けに行ってきたのだけれど、胸のレントゲン撮影のいい加減なこと。「さっきの撮れてなかったんでもう一回」な〜んて言われる。そんな適当でいいわけなかろう。

この本を書いていた頃のわたしだったら、きっと、何も言えなかったと思う。でも、今のわたしは、責任者を呼び、説明を求め、自分の希望する別の病院でレントゲンを無料で受けられるための紹介状の手配を主張。それは受け入れられたのだった。

こんなことがあった日、とても怖くなる。四十代のわたしは、怒る体力と、多少の怒る智恵を備えている、言わば人生最強の怒り時。だけど、もっともっと歳をとったら？　たとえ正当な抗議であったとしても、相手にさえしてもらえないのではないか？　わたしは自分の未来を想像し、やり場のない怒りを勝手に沸々とさせているのである。

２００９年　７月

（初出）「熱々！　怒リング」朝日新聞ホームページasahi.com２００１年7～12月
（単行本）『今日も怒ってしまいました。オンナの人生、笑ってスッキリ』（大和書房）２００２年10月刊
文庫版刊行に際して、単行本を大幅に加筆修正し、４コママンガはすべて新たに描き下ろしました。

文春文庫

きょう　おこ
今日も怒ってしまいました

定価はカバーに
表示してあります

2009年9月10日　第1刷
2022年2月25日　第13刷

ます だ
著　者　益田ミリ
発行者　花田朋子
発行所　株式会社　文藝春秋

東京都千代田区紀尾井町3-23　〒102-8008
TEL　03・3265・1211㈹
文藝春秋ホームページ　http://www.bunshun.co.jp
落丁、乱丁本は、お手数ですが小社製作部宛お送り下さい。送料小社負担でお取替致します。

印刷・図書印刷　製本・加藤製本

Printed in Japan
ISBN978-4-16-777501-8

（　）内は解説者。品切の節はご容赦下さい。

逢沢りく（上下）
ほしよりこ
簡単に嘘の涙をこぼすことができる十四歳の美少女、逢沢りく。完璧な両親のもとで何不自由なく暮らしていたが関西の親戚に預けられ、生活は一変する。手塚治虫文化賞マンガ大賞受賞。
ほ-22-1

今日も怒ってしまいました
益田ミリ
大阪から上京して文化の違いに驚いた「戸惑い怒り」。家族のボケを嘆く「つっこみ怒り」。ペットに対するひどい仕打ちに涙する「本気怒り」まで……。怒って笑って、最後はスッキリ。
ま-23-1

ふつうな私のゆるゆる作家生活
益田ミリ
学校で輝いたことのない普通の子供だったわたしがどうやって作家に？　作家の日常や上京した頃を綴った著者初の「自分マンガ」。ゆるゆる続く生活の中に創作の秘密が見えてくる。
ま-23-2

OLはえらい
益田ミリ
おしゃべり好きで、恋にあこがれ、仕事も一生懸命だけど、上司に叱られシュンとする。希望も悩みも多い若きOL・ロバ子さんの日常。ほんわかじんわり、心に響く四コマコミックです。
ま-23-3

キュンとしちゃだめですか？
益田ミリ
胸がドキッとする。目が離せない。口元が緩んでしまう。日夜オンナは様々な場面で「キュン」ときめいています。こんな時あんな瞬間の選りすぐりのキュンをイラスト&エッセイに。
ま-23-4

沢村さん家のこんな毎日　平均年令60歳の家族と愛犬篇
益田ミリ
定年ライフを謳歌中の父・四朗さん、社交的でお料理上手な母・典江さん、40歳独身の娘・ヒトミさん、それぞれの視点で描かれた共感満載のホーム・コミック。シリーズ二冊を合本に。
ま-23-5

天人唐草　自選作品集
山岸凉子
毒親に育てられたり育児放棄された子供が大人になったらどうなるのか――。山岸凉子の天才ぶりを余すことなく伝えるトラウマ漫画の決定版！　著者特別インタビュー収録。（中島らも）
や-70-1

（　）内は解説者。品切の節はご容赦下さい。

赤塚不二夫
これでいいのだ
赤塚不二夫自叙伝
「これでいいのだ！」の人生観で波瀾万丈の生涯を楽しんだ不世出の漫画家・赤塚不二夫。この自叙伝から、赤塚ギャグに息づく〝家族〟という真のテーマが見えてくるのだ！　（武居俊樹）
あ-50-1

安野モヨコ
脂肪と言う名の服を着て　完全版
デブで気の弱い「のこ」は嫌なことがあるたび過食に走っていた。会社でいじめられ、彼氏も奪われてしまい、幸せになるためにやせることを決意するが……。衝撃のダイエットコミック。
あ-57-1

安野モヨコ
食べ物連載　くいいじ
激しく〆切中でもやっぱり美味しいものが食べたい！　昼ごはんを食べながら夕食の献立を考える食いしん坊な漫画家・安野モヨコが、どうにも止まらないくいいじを描いたエッセイ集。
あ-57-2

伊藤理佐
やっちまったよ一戸建て!!①
男なし、お金なし、信用なし。そんな三十路に突入した著者が女ひとりで、ゼロから家を建てることを決意！　波乱含みの家造りに立ち向かう日々を綴った大爆笑ドキュメントコミック。
い-80-3

伊藤理佐
やっちまったよ一戸建て!!②
家造りも後半戦に突入。工務店や設計士らと密に話し合いながら、防犯やシックハウス対策など次々にクリアー。本書では新たに「近況報告」を収録！　爆笑ドキュメントコミック完結篇。
い-80-4

榎本まみ
督促ＯＬ　修行日記
日本一ツライ職場・督促コールセンターに勤める新卒の気弱なＯＬが、トホホな毎日を送りながらも、独自に編み出したノウハウで年間二千億円の債権を回収するまでの実録。　（佐藤　優）
え-14-1

榎本まみ
督促ＯＬ　奮闘日記
ちょっとためになるお金の話
督促ＯＬという日本一辛い仕事をバネにし人間力・仕事力を磨くべく奮闘する著者が、借金についての基本的なノウハウを伝授。お役立ち情報、業界裏話的爆笑4コマ満載！　（横山光昭）
え-14-2

（　）内は解説者。品切の節はご容赦下さい。

榎本まみ
督促ＯＬ　指導日記
ストレスフルな職場を生き抜く術

日本一過酷な職場・督促コールセンターの新人ＯＬが、監督者へ昇格。でも今度は部下の指導に頭がイタイ!? 持ち前の前向きさで仕事を自分の武器に変えてしまう人気シリーズ第3弾。

え-14-3

柴門ふみ
東京ラブストーリー（上下）

「ねえ、セックスしよ」……奔放なヒロイン、赤名リカの登場で、日本女性の恋愛観を変え、トレンディドラマの礎を築いた恋愛漫画の不朽の名作が新装愛蔵版で登場。（対談・鈴木保奈美）

さ-25-5

東海林さだお
ガン入院オロオロ日記

「ガンですね」医師に突然告げられガーンとなったショージ君。病院食・ヨレヨレパジャマ・点滴のガラガラ。四十日の入院生活が始まった！　他、ミリメシ、肉フェスなど。（池内　紀）

し-6-93

つづ井
まるごと腐女子のつづ井さん

ボーイズラブを好む女性オタク＝腐女子である著者が、時に独りで、時に趣味を同じくする友人たちと共に、日々を全力で楽しく過ごす姿を描くコミックエッセイ。（アルテイシア）

つ-27-1

手塚治虫
アドルフに告ぐ（全四冊）

ユダヤ人、ナチ高官の息子、そしてヒットラー。第二次大戦前後のヨーロッパを舞台に三人のアドルフの運命を描いた著者畢生の歴史大作。ヒットラーの出生の秘密とは？（いしかわじゅん）

て-9-1

堀江貴文
刑務所なう。　完全版

長野刑務所に収監されたホリエモン。鬱々とした独房生活の中でも仕事を忘れず、刑務所メシ（意外とウマい）でスリムな体をゲット！　単行本二冊分の日記を一冊に。実録マンガ付き。

ほ-20-1

堀江貴文
刑務所わず。
塀の中では言えないホントの話

「ほんのちょっと人生の歯車が狂うだけで入ってしまうような所」これが刑務所生活を経た著者の実感。塀の中を鋭く切り取るシリーズ完結篇。検閲なし、全部暴露します！（村木厚子）

ほ-20-2

（　）内は解説者。品切の節はご容赦下さい。

山岸凉子
月読
自選作品集

気高く美しい姉・アマテラスへの強烈な思慕を持て余すツキノオ。末弟のスサノオに姉の歓心を持っていかれ……。神話の世界を、新しい解釈で送る山岸ワールド。（桐野夏生）
や-70-2

山岸凉子
自選作品集
ハトシェプスト
古代エジプト王朝唯一人の女ファラオ

嫉妬、陰謀、裏切りうごめく王宮。古代エジプトで繰り広げられる山岸ワールド。異能の力を持つ者の運命は？　山岸凉子さんの〝最初で最後の〟トークショーを完全載録。（岩下志麻）
や-70-3

宮崎　駿　原作・脚本・監督
風の谷のナウシカ
シネマ・コミック1

瘴気を発する腐海に人々がおびえて暮らす中、木々を愛で、蟲と心を通わせる少女ナウシカの壮大な物語が幕を開ける——。スタジオジブリ設立のきっかけとなった名作がコミックで蘇る。

G-2-1

宮崎　駿　原作・脚本・監督
天空の城ラピュタ
シネマ・コミック2

少年パズーはある日空から降りてきた少女シータを助ける。シータを狙う政府機関や海賊たち。伝説の空中都市ラピュタを目指す大冒険が今始まる！　新編集による名作コミック完全版。

G-2-2

宮崎　駿　原作・脚本・監督
となりのトトロ
シネマ・コミック3

田舎へ引っ越してきたサツキとメイの姉妹はそこでトトロやネコバス、マックロクロスケなど〝おばけ〟達と出会う——。昭和三〇年代の田園風景を舞台にした大人気作品がコミックに。

G-2-3

野坂昭如　原作／高畑　勲　脚本・監督
火垂るの墓
シネマ・コミック4

野坂昭如の同名小説を原作に、綿密な考証を経て描かれた名作映画。空襲により母も家もなくした14歳の清太と4歳の節子のたどる過酷な運命が完全新編集により1冊のコミックに。

G-2-4

角野栄子　原作／宮崎　駿　プロデューサー・脚本・監督
魔女の宅急便
シネマ・コミック5

13歳の満月の晩に魔女のキキは黒猫ジジとともに修行の旅に出る。たどり着いた街で〝空飛ぶ宅急便屋さん〟をはじめるキキ。人との出会いを経て悩みながら少しずつ成長してゆく。

G-2-5

（　）内は解説者。品切の節はご容赦下さい。

料理の絵本　完全版
石井好子・水森亜土

シャンソン歌手にして名エッセイストの石井好子さんの絶品レシピに、老若男女の心をわしづかみにする亜土ちゃんのキュートなイラスト。卵、ご飯、サラダ、ポテトで、さあ作りましょう！

い-10-3

パリ仕込みお料理ノート
石井好子

とろとろのチーズトーストにじっくり煮込んだシチュー……パリで「食いしん坊」に目覚めた著者の、世界中の音楽の友人と、忘れがたいお料理に関する美味しいエッセイ。（朝吹真理子）

い-10-4

美味礼讃
海老沢泰久

彼以前は西洋料理だった。彼がほんもののフランス料理をもたらした。その男、辻静雄の半生を描く伝記小説――世界的な料理研究家辻静雄は平成五年惜しまれて逝った。（向井　敏）

え-4-4

実況・料理生物学
小倉明彦

「焼豚には前と後ろがある」「牛乳はなぜ白い？」など食べ物に対する疑問を科学的に説明するだけでなく、実際に学生と一緒に料理をして学ぶ、阪大の名物講義をまとめた面白科学本。

お-70-1

何度でも食べたい。あんこの本
姜　尚美

京都、大阪、東京……各地で愛されるあんこ菓子と、それを支える職人達の物語。名店ガイドとしても必携。7年半分の「あんこ日記」も収録し、東アジアあんこ旅も開始！（横尾忠則）

か-76-1

そばと私
季刊「新そば」編

半世紀以上の歴史を誇る「新そば」に掲載された「そば随筆」の中から67編を集める。秋山徳蔵、赤塚不二夫、永井龍男、若尾文子など、日本を代表する人々のそば愛香る決定版。

き-43-1

すきやばし次郎　旬を握る
里見真三

前代未聞！　パリの一流紙が「世界のレストラン十傑」に挙げた江戸前握りの名店の仕事をカラー写真を駆使して徹底追究。本邦初公開の近海本マグロ断面をはじめ、思わず唸らされる。

さ-35-1

（　）内は解説者。品切の節はご容赦下さい。

高山なおみ
帰ってから、お腹がすいてもいいようにと思ったのだ。
高山なおみが本格的な「料理家」になる途中のサナギのようなころの、落ち着かなさ、不安さえ見え隠れする淡い心持ちを綴ったエッセイ集。なにげない出来事が心を揺るがす。（原田郁子）
た-71-1

高野秀行
辺境メシ　ヤバそうだから食べてみた
カエルの子宮、猿の脳みそ、ゴリラ肉、胎盤餃子……。未知なる「珍食」を求めて、世界を東へ西へ。辺境探検の第一人者である著者が綴った、抱腹絶倒エッセイ！（サラーム海上）
た-105-1

徳永　圭
ボナペティ！　臆病なシェフと運命のボルシチ
仕事に行き詰った佳恵はある時、臆病ながら腕の立つシェフ見習いの健司と知り合う。仲間の手も借り一念発起してビストロ開店にこぎつけるが次々とトラブルが発生!?　文庫書き下ろし。
と-32-1

中原一歩
小林カツ代伝　私が死んでもレシピは残る
戦後を代表する料理研究家・小林カツ代。「家庭料理のカリスマ」と称された天性の舌はどのように培われたのか。時代を超えて愛される伝説のレシピと共に描く傑作評伝。（山本益博）
な-81-1

西　加奈子
ごはんぐるり
カイロの卵かけごはんの記憶、「アメちゃん選び」は大阪の遺伝子、ひとり寿司へ挑戦、夢は男子校寮母…幸せな食オンチの美味しオカしい食エッセイ。竹花いち子氏との対談収録。
に-22-4

林　望
イギリスはおいしい
まずいハズのイギリスは美味であった!?　嘘だと思うならご覧あれ——イギリス料理を語りつつ、イギリス文化の香りも味わえる日本エッセイスト・クラブ賞受賞作。文庫版新レセピ付き。
は-14-2

平松洋子
忙しい日でも、おなかは空く。
うちに小さなごちそうがある。それだけで、今日も頑張れる気がした。梅干し番茶、ちぎりかまぼこ……せわしない毎日にもじんわりと沁みる、49皿のエッセイ。（よしもとばなな）
ひ-20-2

（　）内は解説者。品切の節はご容赦下さい。

平松洋子　画・下田昌克
すき焼きを浅草で
夏の一日、浅草の[illegible]の日曜市で可愛い田舎寿司、伝説のカクテル「雪国」は山形で。美味しい大人気エッセイ第7弾。　（姫野カオルコ）
ひ-20-

穂村　弘
君がいない夜のごはん
料理ができず味音痴……という穂村さんが日常の中に見出した「かっこいいおにぎり」や「逆ソムリエ」。独特の感性で綴る「食べ物」に関する58編は噴き出し注意！　（本上まなみ）
ほ-13-4

村松友視
銀座の喫茶店ものがたり
日本の喫茶店文化には独特のものがある。銀座の喫茶店には更に違う何かがある。45の喫茶店を巡り、ふところ深い町の歴史とものがたりを浮かび上がらせる上質なエッセイ集。　（名取裕子）
む-3-4

森下典子
いとしいたべもの
できたてオムライスにケチャップをかけて一口食べた瞬間、懐かしい記憶が甦る——たべものの味には、思い出という薬味がついている。絵と共に綴られた23品の美味しいエッセイ集。
も-27-1

森下典子
こいしいたべもの
母手作りの甘いホットケーキなど、味の記憶をたどると胸いっぱいになった事はありませんか？　心が温まる22品の美味しいカラーイラストエッセイ集。『いとしいたべもの』続編！
も-27-2

米原万里
旅行者の朝食
ロシアのヘンテコな缶詰から幻のトルコ蜜飴まで、古今東西の美味珍味について薀蓄を傾ける、著者初めてのグルメ・エッセイ集。人は「食べるためにこそ生きる」べし！　（東海林さだお）
よ-21-2

文藝春秋　編
もの食う話
物を食べることには大いなる神秘と驚異が潜んでいる。荷風、百閒、澁澤龍彥、吉行淳之介、筒井康隆ほか、食にまつわる不安と喜び、恐怖と快楽を表現した傑作の数々を収録。　（堀切直人）
編-5-10

文春文庫　最新刊

悪の包囲　ラストライン5　堂場瞬一
警察内での宿敵・福沢が殺された。岩倉は容疑者扱いに

オランダ宿の娘　葉室麟
蘭学と恋。青春群像として描かれた「シーボルト事件」

119　長岡弘樹
消防士たちの心理劇を描く、短篇の名手が贈る9つの物語

菊花の仇討ち　梶よう子
朝顔同心・中根はおみねから友を探してほしいとお願いされ

八丁堀「鬼彦組」激闘篇　**竜虎攻防**　鳥羽亮
武士含む五人組が呉服屋を襲撃。鬼彦組が下手人を追う

オールドレンズの神のもとで　堀江敏幸
物語が生まれる瞬間の光を閉じ込めたような、18の短篇

里奈の物語　疾走の先に　鈴木大介
施設を飛び出した里奈は、援デリ業者のトップとなり…

幕府軍艦「回天」始末〈新装版〉　吉村昭
碇泊する新政府軍の艦隊を旧幕府軍の軍艦「回天」が襲う

いわしバターを自分で　平松洋子　下田昌克画
緊急事態!?　食べる喜びの真価とは。人気エッセイ最新刊

Black Box　伊藤詩織
社会にはびこる性暴力被害者への偏見。著者の魂の記録

反日種族主義　日韓危機の根源　李栄薫編著
憂国の研究者たちが韓国に蔓延する「嘘の歴史」を検証

ストーカーとの七〇〇日戦争　内澤旬子
SNSで攻撃されて、警察に相談したが直面したのは…

よちよち文藝部　久世番子
日本・世界の文豪と名作を知ったかぶれる爆笑コミック

大谷翔平　野球翔年 I　日本編2013-2018　石田雄太
「二刀流」の原点となった5年間を、本人の肉声で辿る

レオナルド・ダ・ヴィンチ　上・下　ウォルター・アイザックソン　土方奈美訳
「モナリザ」の微笑を生んだ科学と芸術を結ぶ天才の生涯